金学馆

# 存而若亡

慕容世家与逍遥派：怎样一个神存在？

陈志明 著

黄山书社

**图书在版编目（CIP）数据**

金学馆．存而若亡：慕容世家与逍遥派：怎样一个“神存在”？/陈志明著．-- 合肥：黄山书社，2021.1
ISBN 978-7-5461-9644-2

Ⅰ．①金… Ⅱ．①陈… Ⅲ．①金庸（1924–2018）—侠义小说—人物研究 Ⅳ．①I207.425

中国版本图书馆 CIP 数据核字（2021）第 012304 号

**存而若亡——慕容世家与逍遥派：怎样一个“神存在”？**
CUNERRUOWANG MURONG SHIJIA YU XIAOYAOPAI ZENYANG YIGE SHENCUNZAI
陈志明 著

---

出 品 人　贾兴权
责任编辑　朱莉莉
责任印制　李　磊
装帧设计　观止堂
出版发行　时代出版传媒股份有限公司（http://www.press-mart.com）
　　　　　黄山书社（http://www.hspress.cn）
地址邮编　安徽省合肥市蜀山区翡翠路 1118 号出版传媒广场 7 层 230071
印　　刷　安徽新华印刷股份有限公司
版　　次　2022 年 4 月第 1 版
印　　次　2022 年 4 月第 1 次印刷
开　　本　880mm × 1230mm　1/32
字　　数　110 千字
印　　张　5.5
书　　号　ISBN 978-7-5461-9644-2
定　　价　39.80 元

---

服务热线　0551-63533706
销售热线　0551-63533761
官方直营书店（https://hsssbook.taobao.com）

从古至今，中国文学的“神话性”其实一以贯之，惜世人多不知。《红楼梦》的神话结构，将源头追溯至女娲，慕容世家与逍遥派的神话结构，则将源头追溯至玉帝、西王母和九天玄女。

# 目　录

存而若亡

## ——慕容世家与逍遥派：怎样一个神存在？

# 引　言

《天龙八部》一书中，几乎每一个人物都有一个神话原型。

前书《照见五蕴皆空》，根据出场顺序，分析了三位主人公的原型与隐喻，认为段誉、乔峰、虚竹，三人的故事结构都指向同一个人——释迦牟尼。该书的基本结论是：在一定程度上，段誉、乔峰、虚竹，可以是佛祖的三个不同维度与不同侧面，也可以说是佛祖的“三位一体”。同时，他们还可以表现地藏、释迦与弥勒，甚至“横三世佛”与“竖三世佛”。

这出乎很多读者的意料。有评论说，这个结论不但“颠覆了此前读者对《天龙八部》的阅读认知”，并且“为读者提供了一个全新的想象空间”。

根据第一册的结构，解读完释迦牟尼，按照佛教神话的谱系，一般的理解，应该进入菩萨、罗汉、天龙八部等的解读。一开始我也计划这样写。但具体动笔时，却忽然宕开一笔，进入了逍遥派、慕容世家的道家哲学与道教神仙解读模式。

为什么忽然宕开一笔？因为我发现在接下来的进一步解读中，逍遥派、慕容世家是其中必不可少的一环。如果不先解通逍遥派、慕容世家，接下来的某些环节将会无法解通，某些人物关系也最终面临无解。

根据传统小说的批评架构，段誉、乔峰、虚竹，是“主中之主”，即“主角中的主角”；慕容复、王语嫣以至阿朱、阿碧，是“主中之副”，即“主角中的次要角色”。而逍遥派诸人如逍遥三老、苏星河、丁春秋等，可以是“副中之主”，在次要角色中，他们占有主要的地位。

与第一本相比，这一本牵涉的人物比较多，解读起来自然也会比较松散，但我会尽量解得紧凑。

## 一

真正进入本书之前，我们仍先来看两个基本问题：一，无崖子是不是逍遥子？二，慕容世家和逍遥派，到底是怎么样的一种关系？

我们先看第一个问题。

第一个问题，答案是肯定的：无崖子就是逍遥子。

这个问题各路网友其实早已吵翻了天，一般认为逍遥子是“逍遥派”创始人，无崖子是逍遥子的弟子；另一个说法是：金庸先生自己弄混淆了。

其实金庸没有混淆。

一开始，无崖子就是逍遥子，后来丁春秋背叛师门，逼得他隐姓埋名，更名为无崖子。他收虚竹为徒时，直接以“无崖子”身份出场，所以读者眼中没有“逍遥子”，就只有“无崖子”了。

这个从琅嬛福地的留言，无崖子的自述，“珍珑棋局”之设以及李秋水的回忆即可看出。先看琅嬛福地的留言：

> 他（段誉）又向玉像呆望良久，这才转头，见东壁上刮磨平整，刻着数十行字，都是《庄子》中的句子，大都出自“逍遥游”“养生主”“秋水”“至乐”几篇，笔法飘逸，似以极强腕力用利器刻成，每一笔都深入石壁

几近半寸。文末题着一行字云："逍遥子为秋水妹书。洞中无日月，人间至乐也。"（第二回）

"逍遥子为秋水妹书"，这一句是重点。第三十一回，无崖子对虚竹述说往事：

那老人（无崖子）过了半晌，才道："好孩子，丁春秋只道我早已命丧于他手下，是以行事肆无忌惮。这里有一幅图，上面绘的是我昔年大享清福之处，那是在大理国无量山中，你寻到我所藏武学典籍的所在，依法修习，武功便能强过这丁春秋……"

无崖子昔年在大理国无量山中"大享清福"，是这段话的重点。同回，段誉对弈苏星河：

段誉退在一旁，望着棋局怔怔出神："这个珍珑，便是当日我在无量山石洞中所见的。这位聪辩先生必与洞中的神仙姊姊有些渊源，待会得便，须当悄悄向他请问，可决计不能让别人听见了。否则的话，大家都拥去瞧神仙姊姊，岂不亵渎了她？”

“这个珍珑，便是当日我在无量山石洞中所见”，“这位聪辩先生必与洞中的神仙姊姊有些渊源”，是这段的重点。第三十七回，李秋水对虚竹自言自语：

李秋水摇了摇头，双目向着远处，似乎凝思往昔，悠然神往，缓缓道：“当年我和你师父住在大理无量山剑湖之畔的石洞中，逍遥快活，胜过神仙。我给他生了一个可爱的女儿。我们二人收罗了天下各门各派的武功秘籍，只盼创一门包罗万有的奇功……”

这段话的信息量很大，我们先不跑题，主要看第一句：“当年我和你师父住在大理无量山剑湖之畔的石洞中……”

四段文字印证，很清楚，李秋水所说的“你师父”，就是“无崖子”，同时也就是布下“珍珑棋局”、称李秋水为“秋水妹”的逍遥子。

“新修版”将逍遥子设定为逍遥派创派人，无崖子、李秋水、天山童姥三人，都成了他的弟子，这不是金庸混淆，是网友把金庸给吵混淆了。被网友吵混淆的金庸，也许是出于照顾（迁就）读者的心理，将情节按照网友的逻辑做出了新的“修订”。但这个新的“修订”其实是“错误”的。

这个“错误”，我甚至认为金庸后来其实已经发现了，所以他才会在“世纪新修版”刚刚上市时，即宣布他还会对自己的作品继续“修改”——改错了的，他老人家还要再改回来。

## 二

我们再看第二个问题：慕容世家和逍遥派，到底是什么关系？

这个答案也比较简单，但有点出人意料：慕容世家与逍遥派，“两家”本来是“一家”。

慕容世家与逍遥派，其实本来就是一家人。

在旧版中，慕容世家与逍遥派本来是一家，逍遥子的真实身份是慕容世家的老太爷。他不但是王夫人的父亲，同时还是慕容博的父亲。所以在旧版中，慕容复称王夫人是“姑妈”而非“舅妈”。

这个关系，在“修订版”（三联版）中被修改了。因为内地读者基本无缘接触旧版，读到的绝大多数都是“修订版”

（三联版），所以根本不知道这层关系。“姑”妈，“舅”妈，一字之差，使无数读者如坠五里雾中，再也拎之不清。

新世纪以来，《金庸作品集》第三次修订，仍延续了这个“修改”。

我们直接看文本。先看“修订版”及“新修版”：

> 忽听得一个男子的声音叫道：“舅妈，甥儿叩见。”段誉大吃一惊，但心中一个疑团立时解开，说话的男子是慕容复。他称之为舅妈，自然是姑苏曼陀山庄的王夫人，便是王语嫣的母亲，自己的未来岳母了。（第四十七回）

在新版中，慕容复和王夫人，是外甥和“舅妈”的关系。也就是说，王语嫣的父亲是慕容复的舅舅。在这个“姨表亲”的亲戚关系中，王夫人与慕容复可以没有任何血缘关系。

但在“旧版”（连载版）中，这个“舅妈”却是“姑妈”：

忽听得一个男子的声音叫道：“姑妈，侄儿叩见。”段誉大吃一惊，心中一个疑团立时解开，说话的男子正是慕容复，他称之为姑妈，自然便是姑苏曼陀山庄的王夫人。（第一百三十二章）

“舅妈”本来是“姑妈”。一字之差，外甥成了侄子。这样一来，关系就完全不同了。在血缘上，“侄儿”和“姑妈”，关系很近。一般的理解，“姑妈”只能是自己父亲的姊妹，这个关系，就只能是“一家人”了。

“旧版”（连载版）中，表现为“姑妈”的还有几处。我们先看一下第三十一章：

玉燕（即王语嫣）眼中泪水滚动，道：“表哥是你的亲侄儿，你……你何必这样恨他？就算舅舅对你不起，你也不用恼恨表哥。”

过了好一阵，王夫人睁开眼来，说道：“你知道舅舅对我不起？他什么地方对我不起？”……玉燕又气又怕，流下泪来，道：“妈，你……你这样恨舅舅家里，自然是舅舅亏待了你。可是他怎样欺侮你，你从来不跟我说。”

玉燕咬着下唇，道：“我知道，你是嫌舅舅不争气，恼恨表哥不专心学武，以致不能开创天下无敌的‘慕容宗’。”

王夫人“嘿”的一声冷笑，道：“小孩子知道什么？我早已不姓慕容啦。‘慕容宗’立不立得成功，跟我有什么相干？”玉燕道：“我知道的，你恨自己不是男子，否则早把‘慕容宗’建了起来啦，你怪舅舅和表哥一心一意想‘规复燕国’，没将武功放在心上。”

王夫人道："你表哥一个大男人，年纪比你大着十岁，成天不学好，不长进，疯疯癫癫的不知干些什么，身上的功夫连你也及不上，慕容家的脸也给他丢光了。'姑苏慕容'这四个字，百年来是多大的威风，可是你表哥的功夫呢？配不配啊？"

在"旧版"（连载版）中，王语嫣叫慕容博为"舅舅"，称"表哥是你的亲侄儿"，这就进一步说明了王夫人与慕容博是"兄妹"关系——王夫人即是慕容博的妹妹，慕容复即是王夫人的侄子；"我早已不姓慕容啦"，正好说明王夫人出嫁之前是慕容家的大小姐，是"姓"慕容的。同书第一百三十二章：

只听得王夫人道："是贤侄，好啊，你快做大燕国皇帝，就要登基了吧？"语气之中，大具讥嘲之意。慕容复却庄言以对："这是祖宗的遗志，侄儿无能，奔波江湖，仍是没半点头绪，正要姑母来主持大局。爷爷当年嘱咐之时，姑母在旁总也听到了不少言语。”王夫人道：“好啊，你用爷爷的名义来压我？嫁出了的女儿，泼出了的水，我跟慕容家的皇帝梦还有什么干系？我不许你上曼陀山庄，不许玉燕跟你相见，就是为了怕再和慕容家拉扯上什么关系……”

这段话说的也很清楚：“嫁出了的女儿，泼出了的水”，王夫人未嫁之先，就是慕容家的“女儿”。

还有一个重点：慕容复提到了“爷爷”。按照王夫人的父亲是逍遥子这个“已知”逻辑，慕容复口中的爷爷，其实只能是逍遥子了。

按照逍遥子就是“慕容复的爷爷”这个关系，我们想一下，逍遥子的儿子应该是谁？岂非应该正是慕容博？

王夫人在书中一出场就是王语嫣的母亲，当时就已经是“王夫人”的身份，所以读者先入为主，没有去认真探究她未嫁之前的“娘家”在哪里。有时偶尔想到，也认为不过是“大理无量山琅嬛福地”而已，不会联想到慕容世家。根据“旧版”（连载版）中她和慕容复份属“姑侄”，以及和慕容博份属“兄妹”的这两层关系，她“娘家”本来就应该是“慕容世家”，她本身应该就是慕容家的大小姐才对。

比较慕容博、王夫人的年龄，王夫人要小得多。所以在这里，她应该就是慕容博的妹妹。

只有王夫人是慕容博的妹妹时，慕容复才会称她为“姑妈”，王语嫣才会称慕容博为“舅舅”。我们想一下，是不是这样?

书中还写到王夫人的闺名：

段正淳虽然用情不专，但对每一个情人却也都真诚相待，一凛之下，立时便为王夫人着想，叫道："阿萝，快走！这青袍老者是个大恶人，别落在他手中。"（第四十八回）

据此我们知道王夫人闺名中有一个"萝"字。在"新修版"中，金庸将她的闺名改为"李青萝"。为什么姓"李"？当然是因为跟了母亲李秋水的姓。但为什么要跟母亲的姓？这个问题已经没人问了。

金庸为什么要让"阿萝"跟李秋水的姓？我认为，这是因为他有意要遮掩逍遥子的真实身份。修订版将"一家"改成"两家"，作者要沿着这个思路继续，只好避免让读者看穿王夫人就是"慕容家的大小姐"。

作者认为，王夫人的身份不穿，则逍遥子的身份在很大程度上也可以不穿。

但我们根据“阿萝”是慕容家的大小姐这个身份，仍然很容易就能推断出她的闺名——王夫人的闺名，其实可以是：慕容萝（或慕容阿萝，此处求简）。

父亲逍遥子，母亲李秋水，哥哥慕容博，妹妹“慕容萝”——哥哥的儿子慕容复，称自己为“姑妈”；自己的女儿王语嫣，称哥哥为“舅舅”，这个血缘关系就算“对上”了。

## 三

还有几个旁证。

在金庸笔下，慕容博和逍遥子两人的形象非常相像，在外人眼里，他们几乎就是同一个人。

我们来看第九回中“崔百泉述说往事”的一段：

“那男子四十来岁年纪，相貌俊雅，穿着书生衣巾。那女的年纪较轻，背向着我，瞧不见她面貌，但见她穿着淡绿轻衫，烛光下看去，显得挺俊俏的……”（崔百泉）续道：“……我一口气杀了三十几个人，兴致越来越高，忽然见到这对狗男女，他奶奶的，觉得有些古怪。蔡庆图家中的人个个粗暴凶恶，怎么忽然钻出这一对清秀的狗男女来？这不像戏文里的唐明皇和杨贵妃么？我有点奇怪，倒没想动手就杀了他们。只听得那男的说道：‘娘子，从龟妹到武王，不该这么排列。’”

段誉听到“从龟妹到武王”六字，寻思：“什么龟妹、武王？”一转念间，便即明白：“啊，是‘从归妹到无妄’，那男子在说《易经》。”登时精神一振。

只听崔百泉又道：“那女的沉吟了一会，说道：‘要是从东北角上斜行大哥，再转姊姊，你瞧走不走得通呢？'”段誉心道：“大哥？姊姊？啊，那是‘大过’‘既济’。”跟着一惊：“这女子说的明明是‘凌波微步’中的步法，只不过位置略偏，并未全对。难道这女子和山洞中的神仙姊姊竟有什么关联？”

崔百泉续道：“我听他夫妇二人讲论不休，说什么乌龟妹子、大舅子、小姊姊，不耐烦起来，大声喝道：‘两个狗男女，你奶奶的，都给我滚出来！’不料这两人好像都是聋子，全没听到我的话，仍目不转睛地瞧着那本书。那女子细声细气地道：‘从这里到姊姊，共有九步，那是走不到的。’我又喝道：‘走走走！走到你姥姥家，见你们十八代祖宗去吧！’正要举步上前，那男的忽然双手一拍，大笑道：‘妙极，妙极！姥姥为坤，十八代祖宗，喂，二九一十八，该转坤位。这一步可想通了！’他顺手抓起书桌上一个算盘，不知怎样，三颗算盘珠儿突然飞出，我只感胸口一阵疼痛，身子已然钉住，再也动弹不得了。”

“这两人对我仍不加理会，自顾自谈论他们的小哥哥、小畜生，我心中可说不出的害怕。在下匪号‘金算盘’，随身携带一个黄金铸成的算盘，其中装有机括，九十一枚算珠随时可用弹簧弹出。可是眼见书桌上那算盘是红木所制，平平无奇，中间的一档竹柱已断为数截，显然他是以内力震断竹柱，再以内力激动算珠射出，这功夫当真他奶奶的了不起。

“……直等到四处鸡啼声起，那男子才笑了笑，说道：‘娘子，下面这几步，今天想不出来了，咱们走吧！’那女子道：‘这位金算盘崔老师帮你想出了这一步妙法，该当酬谢他什么才是！’我又是一惊，原来他们早已知道我的匪号和姓名。那男子道：‘既然如此，且让他多活几年。下次遇着再取他性命吧！他胆敢骂你骂我，总不成骂过就算。’说着收起了书本，跟着左掌回转，在我背心上轻轻一拂，解开了我穴道。这对男女就从窗中跃了出去。我一低头，只见胸口衣衫上破了三个洞孔，三颗算盘珠儿整整齐齐地钉在我胸口，真是用尺来量，也不容易准得这么厘毫不差……”

……崔百泉叹了口气道：“这人说下次见到再取我性命。这性命是不能让他取去的，可是只要遇上了他，不让他取可也不成。唯一的法子只有不让他遇上。事出无奈，只好远走高飞，混到镇南王爷的府上来……”

……段誉问道：“霍先生，你怎知这对夫妇是姑苏慕容家的？”他叫惯了霍先生，一时改不过口来。

崔百泉搔搔头皮，道：“那是我师哥推想出来的。我挨了这三颗算盘珠后，便去跟师哥商量，他说，武林中只有姑苏慕容氏一家，才行‘以彼之道，还施彼身’。我惯用算盘珠打人，他便用算盘珠打我……”

在这段故事里，崔百泉所遇到的两个人，很明显是指向“慕容世家”——也就是说，作者告诉我们，这两位是“慕容世家”的人。

但姓甚名谁，作者没有说。

没有明说，不影响读者多年来的“猜谜”热情——很多读者猜来猜去，一般是冲着慕容博去了。理由是慕容博在少林寺中的出场年龄，与崔百泉“十八年前”所见的“唐明皇”计算下来大致不差。

按照黄眉僧的说法，他见慕容博时是“四十三年前”，当时慕容博还是一位“十五六岁的少年”，他的母亲是“三十六七岁”：

……便在那时，只听得蹄声得得，有两人骑着花驴从路旁经过。忽然骑在花驴背上的一人哼了一声，似乎是女子声音，哼声中却充满轻蔑不屑之意。我转头看去，见一匹驴上坐的是个三十六七岁的妇人，另一匹驴上则是个十五六岁的少年，眉清目秀，甚是俊雅，两人都全身缟素，服着重孝。（第九回）

“四十三”加“十五、六”，大约六十岁。崔百泉所见的“唐明皇”，是“十八年前”加“四十来岁”，十八年加四十几，大约也是六十岁。这个可以是书中慕容博的年龄。书中对慕容博的出场描述是：

那灰衣僧（慕容博）一声长笑，站起身来，说道：“方丈大师，你眼光好生厉害，居然将我认了出来。”伸手扯下面幕，露出一张神清目秀、白眉长垂的脸来。（第四十二回）

“神清目秀”，对应的应该就是少年时期的“眉清目秀”。

那么，按照“年龄”和“长相”这两项推断，黄眉僧、崔百泉当年所遇见的，基本就是慕容博了。

作者写段誉说的一句话，即是往慕容博身上引：

段誉问道：“大师，这少年倘若活到今日，该有六十岁了，他就是慕容博吗？”（第九回）

书中崔百泉推断，也是如此：

只听他（崔百泉）续道：“他这家出名的人就只一个慕容博，四十三年前，用金刚指力伤了这位大师的少年十五六岁，十八年前，给我身上装算盘珠的家伙当时四十来岁，算来就是这慕容博了……”（第九回）

但是，问题也跟着来了。

按照崔百泉所述，再结合段誉的心理活动，我们知道，当时“唐明皇”和“杨贵妃”所讲述的是《易经》，所讨论的是“凌波微步”——“凌波微步”，是琅嬛福地中神仙姊姊的武功——那么，“杨贵妃”的形象，其实可以指向李秋水，而“唐明皇”，很明显也可以指向慕容博之外的“另一个人”——逍遥子。

金庸写段誉的这句话，很能说明问题：

> （段誉）跟着一惊：“这女子说的明明是‘凌波微步’中的步法，只不过位置略偏，并未全对。难道这女子和山洞中的神仙姊姊竟有什么关联？”（第九回）

“难道这女子和山洞中的神仙姊姊竟有什么关联？”这句话基本上是金庸先生在直接点题，他老人家就是要把读者引向逍遥子和李秋水。至于凌波微步的“位置略偏，并未全对”，则说明这门绝学未臻完成，尚在两人的“发明”和“创造”中。

根据书中所述，“唐明皇”“相貌俊雅”，“杨贵妃”也“挺俊俏”，两人的形象，基本也符合了逍遥子、李秋水俊雅、靓丽的形象。

为什么会这样?

就是因为慕容博其实就是逍遥子（亦即无崖子）的儿子——金庸把崔百泉所见的慕容博，描述成了读者眼中的逍遥子（无崖子），就是因为他们两个其实是父子关系，他们的容貌长相、行事风格都可以很像。

换个角度看，“无崖子”为什么可以代表“慕容世家”就是因为他本身就是慕容家的“老太爷”。

他“假死”在先，将家族事业交卸给了儿子慕容博：

“……那少妇忽然双目一红，含泪欲滴，说道：‘你爹临终时说过甚么话来，你立时便忘了么？’那少年道：‘是，孩儿不敢忘记。’……”（第九回）

儿子慕容博“假死”在后，又将复国重任移交给了孙子慕容复——父子两人的“假死”风格，如出一辙。

包括他俩的性格，也很像。一个“聪明、专心的徒儿”，无崖子可以寻找（等待）三十年；一个大燕国的复兴大计，慕容博可以筹划一生——两个人都是坚忍卓绝、处心积虑，都善于“从长计议”。

无崖子、慕容博、慕容复，祖孙三代，都是美男子，精神气质也很像。无崖子“脸如冠玉……神采飞扬，风度闲雅”（第三十一回）；慕容博“神清目秀”；慕容复“面目俊美，潇洒闲雅。”写到无崖子、慕容复时，金庸甚至用了一个完全相同的词：“闲雅”。

逍遥派武功，和慕容世家的也很像。两派走的都是轻灵飘逸一路，风格都是无所不有、包罗万象。

有一次和欧阳捷兄谈到这个问题，他思路很快，按照旧版逍遥子是慕容复的“爷爷”这个结构，马上说：“在出家修道之前，逍遥子俗名是不是可以叫慕容逍遥？”

我说：“是了。”

我说“是了”，主要是肯定了欧阳的思路。其实除了“慕容逍遥”，他还可以是“慕容无崖”。

根据书中的叙事结构，“逍遥子”这个道号，主要是为了照应“逍遥派”这个“派别”。“无崖子”，也许更接近老爷子的俗名。

什么是“无崖”？我的理解：浩瀚无际，包罗万有，就是“无崖”。

这个“无崖”，照应的其实是逍遥子、慕容博、慕容萝、慕容复祖孙三代的名字。

什么是“博”？博就是“博大”“渊博”。博大、渊博，其实就是“浩瀚无际、包罗万有”；

“萝”呢？萝可以是“罗”字之繁，“萝”略等于“罗”。什么是“罗”？网罗、包罗也——“罗”也可以是“浩瀚无际、包罗万有”；

“复”呢？

在读者惯常的认识里，慕容复的“复”，等同于“复国”

的“复”，不忘前耻，兴复故国，是慕容世家的历代“家训”。这个当然也没有错，但在哲学意义上，慕容复的“复”，其实却可以是“循环往复”之意。

太极阴阳，循环往复——和慕容“无崖”、慕容“博”、慕容“萝”一样，慕容“复”的“复”字，其实是一张循环往复的太极图，也可以是“浩瀚无际，包罗万有”。

慕容家的“兴复故国”，一代传一代，陈陈相因，其实也有“循环往复”之意。

与“萧远山”“萧峰”父子相同：“远山”和“峰”，父子两代是同一个意思；

慕容“无崖”、慕容“博”、慕容“萝”、慕容“复”——祖孙三代，也可以是同一个意思。

一次在微信群里闲聊，说到这个话题，曾伯凯兄提醒我说："除了他们祖孙三代，其实逍遥派的两大弟子：苏星河、丁春秋——'星河''春秋'，也都是'无崖'之意。因为'星河'广大深远、无边无际，'春秋'四时交替、无穷无尽，这都是'浩瀚无际''无际无崖'。"（大意）

我很感谢他的提醒。

因为在此前的认识里，我只将苏星河、丁春秋作为哲学概念的"阴阳""宇宙"（时间加空间），以及宗教概念的"道教""儒教"等来分析，没有想到此点。

按照曾兄的提醒，则慕容世家与逍遥派的两支人马合并的更加紧凑：无崖子（慕容无崖）、苏星河、丁春秋、慕容博、慕容萝、慕容复，六个人的名字其实是同一个意思。

除了名字，还有武功。

北冥神功，是无功不吸，化功大法，是无功不化，斗转星移，是无功不返——这个返，当然是返回之返。

有没有发现，逍遥派与慕容世家的这三种神功，虽然是不同量级，但其实也可以是同一个意思?

北冥神功量级最高，天下所有武功都能吸收、容纳；化功大法次之，吸收、容纳不了，只有一化了之；斗转星移最次，化也化不了，只能反击回去。

北冥神功、化功大法、斗转星移，其实是同一种武功的三个不同层次。

同一种武功，作者按照不同层次，取了三个名字。

它们还可以是同一种武功的三种使用方式。

无崖子逆运“北冥神功”，将自己七十余年的功力，尽数“注”给虚竹，此事甚奇。但更奇的是，这个逆注神功的过程，我们看是不是有点儿熟悉？

无崖子“化”去虚竹内力，用的其实就是“化功大法”；逆“注”全身功力，用的其实就是“北冥神功”；而传输功力的方式——将自己的功力“转”“移”到另一个人身上——这种方式，恰恰就是斗“转”星“移”。

逍遥派还有两门神奇的武功，一门是“小无相功”，一门是“天山折梅手”。

“小无相功”的神奇在于，可据以运使天下各门各派的各种武功；“天山折梅手”的神奇在于，天下任何武功招数，都能自行化在这六路折梅手中。

我们看，是不是还是有点熟悉？

这“小无相功”和“天山折梅手”，与慕容世家的“斗转星移”，是不是同一个原理？

为什么慕容世家和逍遥派的武学结构是同样的？就是因为这两家武功其实同出一源。

## 四

进入正文，我们仍进行进一步推断。

根据以上结构，我们还可以推断出书中的另一个“未解之谜”：无崖子“琅嬛福地”所藏秘籍的去向。

《天龙八部》中有太多的未解之谜，以至读者读来“熟极而流”，已经习惯了。第二回中的“琅嬛福地”，作者只写到一排排空空如也的书架，架上藏书不知去处：

（段誉）一抬头，只见石床床尾又有一个月洞门，门旁壁上凿着四字：“琅嬛福地”。想起神仙姊姊写在帛卷外的字，心道：“原来‘琅嬛福地’便在这里。神仙姊姊言道，天下各门各派的武学典籍，尽集于斯。我不想学武功，这些典籍不看也罢。只不过神仙姊姊有命，违拗不得。”于是秉烛走进月洞门内。

一踏进门，举目四望，登时吁了口长气，大为宽心，原来这“琅嬛福地”是个极大的石洞，比之外面的石室大了数倍，洞中一排排的列满木制书架，可是架上却空洞洞地连一本书册也无。他持烛走近，见书架上贴满了签条，尽是“昆仑派”“少林派”“四川青城派”“山东蓬莱派”等等名称，其中赫然也有“大理段氏”的签条。但在“少林派”的签条下注“缺易筋经”，在“丐帮”的签条下注“缺降龙十八掌”，在“大理段氏”的签条下注“缺一阳指法、六脉神剑剑法，憾甚”的字样。

想象当年架上所列，皆是各门各派武功的图谱经籍，然而架上书册却已为人搬走一空。（第二回）

根据书中的描述，慕容世家和王夫人家中各有一批武学藏书：

鸠摩智道：“当年慕容先生与小僧约定，只须小僧取得六脉神剑剑谱给他观看几天，就让小僧在尊府‘还施水阁’看几天书。”阿朱一凛：“这和尚竟知道‘还施水阁’的名字，那么或许所言不虚。”（第十一回）

那女子（王语嫣）幽幽地道：“丐帮‘打狗棒法’与‘降龙十八掌’两大神技，是丐帮的不传之秘。你们‘还施水阁’和我家‘嫏嬛玉洞’的藏谱拼凑起来，也只一

些残缺不全的棒法，运功的心法却全然没有。你家公子可怎生练？”（第十一回）

王夫人家的藏书楼叫“嫏嬛玉洞”。这里的“琅嬛”二字，很明显取自“琅嬛福地”。加上李秋水这层关系，我们很容易得出结论：“嫏嬛玉洞”的藏书，应该来自“琅嬛福地”。在“新修版”中，金庸说得更加明白：

鸠摩智从板壁缝隙中张去，见隔房壁上开了一洞，洞外有门，门上漆作墙壁之色，关上了决难察觉。向洞中望进去，里面是间暗房，房中排满了一只只柜子，重重高叠，每只柜子的柜门上都刻了字，填以蓝色颜料，均是“嫏嬛玉洞”四字……

王夫人本是无崖子和李秋水所生的女儿，两人生此爱女后，共居无量山中，师兄妹情深爱重，时而月下对剑，时而花前赋诗，欢好弥笃。但无崖子于琴棋书画、医卜星相皆所涉猎，所务既广，对李秋水不免疏远。李秋水在外边掳掠了不少英俊少年入洞，和他们公然调笑，原意是想引得情郎关注于己，岂知无崖子甚为憎恶，一怒离去。李秋水失望之余，更将无崖子的二弟子丁春秋勾引上手。丁春秋突然发难，将无崖子打落悬崖，生死不知。丁李二人便将"嫏嬛玉洞"所藏，以及李秋水的女儿李青萝带往苏州。（"新修版"第四十回）

"嫏嬛玉洞"的藏书，是从"琅嬛福地"搬来的。但慕容家"还施水阁"的藏书来自哪里呢？

作者没有说。

虽然没有说，在书中却写到一个情节：王语嫣学了"嫏嬛玉洞"的秘籍，然后去教慕容复。书中王语嫣也说得明白："你们'还施水阁'和我家'嫏嬛玉洞'的藏谱拼凑起来……"根据这些表述，我们应该知道，两洞藏书其实可以互通。

加上王夫人即是慕容家的大小姐、与慕容博是兄妹这个关系，我们很容易作出如下推断：

“还施水阁”的藏书，其实也来自“琅嬛福地”。作为无崖子的重要“遗产”，“琅嬛福地”的藏书当然也有儿子慕容博一份。所以女儿慕容萝把书带回苏州后，象征性地分给了儿子慕容博一批，慕容博因之建了“还施水阁”专门存放。儿子的这一份，主要用来培养孙子慕容复；女儿的那一份，主要用来培养外孙女王语嫣。

至于慕容博所分册数和善本比例，根据慕容复的表现，可能并不太多，以至于很多武功，竟然还需要王语嫣来教。

这也从另一个角度，说明了慕容复和王语嫣的武学“特征”为什么会高度雷同——“以彼之道还施彼身”与王语嫣的精通天下武学，其实也是同一个意思，都有“无所不知无所不晓”之意。

## 五

另外，书中曾写到包不同与王夫人有过一番“顶撞”。按照“旧版”（连载版）第一百三十二章的描述：

> 却听得窗外有人说道：“非也非也，王姑娘和段公子乃是天造一对，地成一双，夫人说万万不许，那可错了！”王夫人怒道：“包不同，谁叫你没规没矩的跟我顶嘴？你不听话，我即刻叫人杀了你的女儿。”包不同原是天不怕、地不怕之人，可是一听王夫人厉声斥责，竟是立即噤若寒蝉，再也不敢多说一句。段誉心中只是说道：“包三哥，包三叔，求求你快与夫人顶撞下去。她的话全然没有道理，只有你是英雄好汉，敢和她据理力争。”哪知窗外鸦雀无声，包不同再也不作声了，原来那倒不是包不同怕王夫人会杀他女儿，只因包不同历代跟随慕容氏，是他家忠心耿耿的部属，王夫人是他的主人，真的发起脾气来，他倒也不敢昧了这上下之分。

“只因包不同历代跟随慕容氏，是他家忠心耿耿的部属，王夫人是他的主人，”这句话是重点。

为什么王夫人知道包不同有一个女儿？为什么王夫人敢于呵斥包不同，说他“没规没矩”？为什么包不同的“非也非也”，到她这里就成了“顶撞”？为什么她敢于“你不听话，我即刻叫人杀了你的女儿”？这里说得很清楚了：“王夫人是他的主人”——包不同是慕容家的家臣，只有“主人”，只有慕容家的“大小姐”，才有资格、有底气这样斥责他。

## 六

曾见有网友撰文，认为无崖子即慕容龙城。这个思路，是按照无崖子即“慕容世家的人”去的，方向是对了，但忽略了历史年代。根据书中所述，慕容龙城生于五代末年：

到了五代末年，慕容氏中出了一位大将慕容彦超，威镇四方，他族中更有一位武学奇才慕容龙城，创出“斗转星移”的高妙武功，当世无敌，名扬天下。他不忘祖宗遗训，纠合好汉，意图复国，但天下分久必合，赵匡胤建立大宋，四海清平，人心思治，慕容龙城武功虽强，终于无所建树，郁郁而终。

数代后传到慕容复的父亲慕容博手中，慕容龙城的武功和雄心，也尽数移在慕容博身上。（第四十回）

作者写慕容龙城，为什么带一笔慕容彦超？因为在书中，慕容龙城是虚构人物，作者写慕容彦超，其实是以其为慕容龙城之生平作衬。金庸的本意，是令读者以慕容彦超的时代背景去观照慕容龙城。文中最后一句：“赵匡胤建立大宋，四海清平，人心思治，慕容龙城武功虽强，终于无所建树，郁郁而终”，很明显也是说慕容龙城生于五代之末，而卒于北宋之初。

慕容彦超去世是在公元 952 年，八年后的公元 960 年，后周诸将发动陈桥兵变，拥立赵匡胤为帝，建立宋朝，五代十国结束。根据史实，我们可以假设慕容龙城生于公元 950 年（五代末期）。按照古人结婚较早，而慕容家结婚较晚的结构，姑且假设慕容龙城 25 岁左右结婚生子，则儿子在公元 975 年为一岁；儿子 25 年后再生一孙，则孙子公元 1000 年为一岁。按照书中故事的发生时间：公元 1094 年宋哲宗亲政前后，而无崖子出场是在哲宗亲政前一年（1093 年），则慕容龙城之孙，在 1093 年，应该是 93 岁。根据书中所述，无崖子当年恰好就是 93 岁：

童姥道："我是你师父无崖子的师姊，无崖子倘若不死，今年九十三岁……"（第三十五回）

则我们基本可以认为，无崖子可以就是慕容龙城的孙子。

由此我们可以进一步推出慕容世家的谱系：

慕容龙城→慕容龙城之子→慕容无崖（逍遥子、无崖子）→慕容博与慕容萝（王夫人）兄妹→慕容复与王语嫣表兄妹。

## 七

也许会有读者提出疑问：慕容世家武功卓绝，天下武学无所不晓，他们家的武学藏书，不一定始于无崖子。或者远在无崖子之前，慕容家应该就有“自己的”藏书阁？

这个思路乍一看并不算错，但问题在于：当慕容龙城之世，慕容家还没有什么大的武功绝学。慕容世家日后之所以名扬天下，很大程度上靠的是慕容龙城创造的一招“斗转星移”。以后江湖上对慕容世家的神化，就是因为这招武功。

“斗转星移”的特点，是能将对方的武功招数尽数返回：

他姑苏慕容家最拿手的绝技，乃是一门借力打力之技，叫做“斗转星移”。外人不知底细，唯见慕容氏“以彼之道，还施彼身”神乎其技，当致人死命之时，总是以对方的成名绝技加诸其身，似乎天下各门各派的绝技，姑苏慕容氏无一不会，无一不精。其实武林中绝技千千万万，一人不论如何聪明渊博，决难将每一项绝技都学会了，何况既称绝技，自非朝夕之功所能练成。慕容氏有这一门巧妙无比的“斗转星移”之术，不论对方施展何种功夫，都能将之转移力道，反击到对方自身。

善于“封喉剑”的，挺剑去刺慕容复咽喉，给他“斗转星移”一转，这一剑便刺入了自己咽喉，而所用兵刃、劲力、法门，全是出于他本门的秘传诀窍；善用“断门刀”的，挥刀砍出，却砍上了自己手臂。兵器便是这件兵器，招数便是这记招数，只要不是亲眼目睹慕容氏施这“斗转星移”之术，那就谁也猜想不到这些人所以丧命，其实都是出于“自杀”。慕容复得父亲亲传，在参合庄地窖中父子俩秘密苦练拆招，外人全无知闻，姑苏慕容氏名震江湖，但真正的功夫所在，却谁也不知。（第四十三回）

大家对这招武功并不了解，所以传得神乎其技：

黄眉僧缓缓地道：“老僧听说，姑苏慕容世家的武功，当真渊博到了极处。似乎武林中不论哪一派哪一家的绝技，他们无一不精，无一不会。更奇的是，他们若要制人死命，必是使用那人的成名绝技。”（第九回）

而无崖子、慕容博父子却心如明镜：

慕容氏先祖龙城公创下一门“斗转星移”绝技，尽管这项能转移对手攻势来路的精妙武学，为慕容氏创下“以彼之道，还施彼身”的响亮名头，但却颇有“依人作嫁”的意味……（第四十二回）

搜罗天下各门各派的武功秘籍，其实始自无崖子（逍遥子）：

李秋水……缓缓道：“当年我和你师父住在大理无量山剑湖之畔的石洞中……我们二人收罗了天下各门各派的武功秘籍，只盼创一门包罗万有的奇功……”（第三十七回）

到了慕容博时代，因多种高深武学父亲并没有搜罗齐备，也才开始打少林七十二绝技的主意：

（慕容博）心想，少林武功是中原武学之首，如能求得七十二绝技功诀，传授于暗中纠举的羽翼人马，则慕

容氏复国实力将如虎添翼，更形壮大。……（第四十二回）

所以我认为，“还施水阁”的藏书，肇始于无崖子。无崖子之前，慕容家重要的武功，只一招“斗转星移”而已。

## 八

也有网友从另外的角度，提出一个疑问：如果按照慕容博、王夫人是“兄妹”这个结构，当年黄眉僧遇到的骑驴少妇，岂非就是李秋水？但看样子好像不太像。（大意）

我们再看一下文本：

……便在那时，只听得蹄声得得，有两人骑着花驴从路旁经过。忽然骑在花驴背上的一人哼了一声，似乎是女子声音，哼声中却充满轻蔑不屑之意。我转头看去，见一匹驴上坐的是个三十六七岁的妇人，另一匹驴上则是个十五六岁的少年，眉清目秀，甚是俊雅，两人都全身缟素，服着重孝。（第九回）

根据作者行文结构，当时应该是慕容无崖刚刚假死，以致慕容博母子都还身穿重孝。在书中我们知道，慕容无崖的假死只是在家中死给家人看，主要是死给儿子慕容博看；而他曾在大理无量山琅嬛福地携李秋水隐居，隐居时乃是自称“逍遥子”。

那么，当时黄眉僧遇到的骑驴少妇，到底是不是李秋水呢？

我的理解是这样的：

骑驴少妇是李秋水的可能性确实不大，这主要是体现在两人的精神气质上。书中的李秋水是一个“神仙”级别的女性，所谓“清风动裾，飘飘若仙”，是一个“女仙”般的存在。而骑驴少妇更像一位家庭主妇。

如果不是李秋水，那又是谁?

我认为，她有可能是慕容无崖在苏州家中的“结发妻子”。

作为“小师妹”的李秋水，则有可能是他的“情人”。

根据时间轴，李秋水离开无量山后嫁到西夏皇宫，生了后来的西夏皇帝李干顺，而骑驴少妇在苏州拉扯儿子慕容博长大成人；慕容博长大后生了慕容复，李干顺长大后继承帝位，生了西夏公主李清露；这可以是两条线。

也就是说，无崖子其实有两个“老婆”。一个是李秋水，一个是骑驴少妇。骑驴少妇为他生了儿子慕容博，李秋水为他生了女儿慕容萝（王夫人）。

为什么李秋水可以嫁到西夏？因为她和逍遥子没有正式结婚，在理论上她有结婚的自由，慕容萝是他们两位的“私生女”。

为什么李秋水敢于当着无崖子的面公然和一些美少男调情？为什么她要用这种方式“折磨”无崖子？书中说是因为无崖子爱上了雕像，但真正的原因也许是无崖子不能对她明媒正娶，她有所恃仗。

这还从另一个角度，说明了慕容萝为什么会嫁到苏州：不管怎样，无崖子的“根”在苏州，慕容博是慕容世家的“少主”。在辈分上，自己是慕容博的庶母。李秋水将女儿嫁到苏州，本意是让女儿离“娘家”近一些，有依兄长慕容博以为依靠的意思。

这也就同时说明了慕容萝和哥哥慕容博的关系为什么会这么“拧巴”。

慕容博自小“丧父”，一直跟随母亲长大，对母亲的情感当然会不自觉的更加亲近。长大后知道了父亲假死，虽然大燕国的复国规划“最大”，但一想到父亲这么狠心，这么多年从不回来看自己一眼，按金庸先生的话说，“心下终不免郁郁”；兼之父亲对母亲不起，在外面不但有了“小老婆”，最后还给自己送了一位妹妹回来。

仅是这些也就罢了，关键是父亲苦心搜罗的一洞武学秘籍，被这位妹妹尽情挑拣一番之后，才将“剩下”的一部分随便塞给自己，这让慕容博情何以堪？

但自己终归是哥哥，总得有个哥哥的样子，自己不好意思和妹妹撕破脸，但家里那位出面，总是可以的。这应该就能解释“老太太”为什么与慕容萝“寻相骂”的原因：

阿朱道："勿要紧格。王家舅太太同老太太寻相骂……"（第十一回）

王家舅太太即慕容萝。"老太太"，指的是慕容博的夫人即慕容复的母亲。两人"寻相骂"，其实就是嫂夫人和小姑子吵架，根据书中老死不相往来的情节，吵得应该不轻。

两人"寻相骂"，除此以外，当然还有别的原因。我们看一下"连载版"：

过了好一阵，王夫人睁开眼来，说道："你知道舅舅对我不起？他什么地方对我不起？"玉燕（即王语嫣）听得她声调寒冷如冰，一时吓得话也答不出来。王夫人道："你说好了。反正你现在年纪大了，不用听我话啦。"玉燕又气又怕，流下泪来，道："妈，你……你这样恨舅舅家里，自然是舅舅亏待了你。可是他怎样欺侮你，你从来不跟我说。”王夫人厉声道：“你听谁说过没有？”玉燕摇摇头，道：“你从来不许我出这曼陀山庄，也不许外人进来，我听谁说啊？”王夫人轻轻吁了口气，登时放了心，语气也变得和缓些，叹道：“我是为你好。世界上坏人太多，杀不胜杀，你年纪轻轻，一个女孩儿家，还是别见坏人的好。”（“连载版”第三十一章）

玉燕（王语嫣）走上几步，柔声道：“妈，你去救他一救。他……他是慕容家的一脉单传。倘若也有甚不测，姑苏慕容家就是断宗绝代了。”王夫人冷笑道：“姑苏慕容，哼，慕容家不顾我，我为什么要顾他们？”但这两句话一出口，登时自知失言，挥手道：“出去，出去！”（“连载版”第三十一章）

根据这两段话，很明显慕容萝有什么事瞒着女儿王语嫣。但具体什么事，作者没有说。根据故事情节推断，应该就是慕容萝与段正淳的一段私情。这也就很容易理解，为什么慕容萝认为哥哥“对不起”她——在慕容萝的认识里，她和段正淳的这段爱情，假如哥哥出面“撑腰”，是很有可能“修成正果”的，因为慕容世家名震天下，与大理段家相比，未遑多让。两家都是武林世家，同时又都是帝王贵胄，应该算是“门当户对”。但根据书中所述，慕容博很显然没有为她“做主”——这也从另一个侧面，说明了王夫人为什么会认定段正淳：因为在王夫人的潜意识里，自己是“大燕国”的“公主”，按照“门当户对”的观念，作为大理国的皇太弟，段正淳的身份地位，非常适合做自己的老公。

为什么她不让慕容复登门？为什么担心女儿听到别人说什么话？明里是因兄妹不和，实际是因为，王语嫣是段正淳的私生女，在慕容家上一辈人中，尽人皆知。慕容萝唯恐这个“秘密”被女儿听到。

为什么慕容萝每次提到慕容复，都是阴阳怪气、热嘲冷讽？她是想暗示女儿：你表哥一无是处，他说什么你都别信。

为什么她又默许女儿教慕容复武功？这是因为在她的潜意识里，自己也是慕容家的一份子，为了兴复大燕，自己的这份力量，关键时候还是要“贡献”一些的。但当时之世，“兴复大燕”其实就等于“谋反”，她明里与娘家划清界限，在某种程度上，也有故意做给外人看，以之自保的成分。

## 九

曾有网友问起逍遥派的创始时间。

我的理解：根据“逍遥三老”旷日持久的情感纠葛，可以是无崖子在“假死”之前，用“逍遥子”的身份所创——这个“假死”，指的是在儿子慕容博面前的“假死”；后来被丁春秋暗算后，他以逍遥派掌门的身份，又“假死”一次。

另有网友问过一个“神问题”：“南慕容”既与“北乔峰”齐名，当“珍珑”之局，逍遥子曾问：乔峰来了没有？却没问慕容复来了没有？为什么？（大意）

我们还是先看一下文本：

那老人（无崖子）问道：“今日来解棋局的，有哪些人？”虚竹一一说了。那老人沉吟半晌，道：“天下高手，十之六七都已到了。大理天龙寺的枯荣大师没来么？”虚竹答道：“除了敝寺僧众之外，出家人就只一位鸠摩智大师。”

那老人又问：“近年来武林中听说有个人名叫乔峰，甚是了得，他没来吗？”虚竹道：“没有。”（第三十一回）

无崖子为什么不问“南慕容”来了没？

根据“无崖子即慕容复的祖父”这个关系，我们是不是可以这样理解：因为他知道自己孙子的实力——自己解决不了的事，自己的孙子未必解决得了，所以就自动忽略了？——至于慕容复为什么又会来？那是因为他其实不知道无崖子即是自己已经“故去”的祖父。

在慕容复的认识中，自己的祖父，早已“去世”，和无崖子可以没有任何关系。

## 十

在慕容复的认识中，自己的祖父，和无崖子虽然可以没有任何关系，但他一定知道另外一件事：自己的婢女阿碧，师承即出自“逍遥派”。

根据书中所述，阿碧的师父，即是“聋哑门”弟子“函谷八友”之一的康广陵。

“聋哑门”隶属哪个门派？当然是“逍遥派”。

阿碧和康广陵，在金庸笔下，是慕容世家和逍遥派两者之间唯一存在“公开关系”的两个人。

阿碧是慕容家的侍女，主要工作是侍奉慕容复。

康广陵是逍遥派的第三代弟子，“函谷八友”的老大。他师父是苏星河，无崖子则是他的师祖。

阿碧和康广陵是什么关系？请看文本：

> 那妇人道：“最初是菊剑姑娘听到另一位姑娘说的。那位姑娘名字叫做阿碧……”王语嫣喜道：“原来是阿

碧。我可好久没见到她了。”段誉接口道：“啊，是阿碧姑娘，我认得她。她本来是慕容公子的侍婢。”

那妇人道：“这就是了。菊剑姑娘说，阿碧姑娘和她年纪差不多，相貌美丽，很讨人欢喜，就是一口江南口音，说话不大听得懂。阿碧姑娘是我们主人的师侄康广陵先生的弟子，说起来跟我们灵鹫宫都是一家人……”（第四十七回）

这段话信息量也很大，但最重要的是最后一句：“阿碧姑娘是我们主人的师侄康广陵先生的弟子，说起来跟我们灵鹫宫都是一家人。”

这句话虽然也很绕，但基本说明了两件事：一、阿碧是康广陵的弟子。二、慕容世家与灵鹫宫是“一家人”。

阿碧为什么会是康广陵的弟子？我认为作者的这个

设计，从文本结构上是想说明：慕容世家与逍遥派其实是“一家”。

灵鹫宫属于哪一派？属于逍遥派——它由天山童姥主持，而天山童姥是逍遥三老之一——也就是说，这句话在某种程度上，又是作者本人在直接点题：从这个关系去分析，慕容世家和逍遥派，也可以是“一家人”。

## 十一

综上所述，基本能够说清逍遥派与慕容世家“两家本来是一家”了。

有的读者也许会说：“逍遥派和慕容世家，是‘一家’，还是‘两家’，好像都不影响整个故事的结构。比如康广陵和阿碧的师徒关系：他俩可以是师徒，也可以不是师徒。不管两人是不是‘师徒’，对全书的故事结构都毫不影响。又如王夫人和慕容家的关系，不管是‘姑妈’还是‘舅妈’，它这个结构不就是为了表达慕容复和王语嫣是‘表兄妹’吗？不管是‘姑妈’还是‘舅妈’，他俩都可以是‘表兄妹’，他们的表兄妹关系都可以是不变的。”

假如真有读者这么问，我的回答一定是：“是的。”

那么，金庸设计这么复杂的一个关系，想要表达什么？

我的理解，和金庸先生的其他小说一样，除了“文学结构”外，《天龙八部》还有哲学、宗教、神话等好几层结构。书中的人物关系，在各种结构中，都有着巧妙的对应。金庸这样写，从“文学结构”来看也许无关紧要，但在哲学、宗教、神话等其他结构上，却不得不如此。

以上的这些，可以是“文学结构”。接下来我们不妨先进入“哲学结构”，看看逍遥派与慕容世家的“哲学结构”是个什么样子。

## 十二

按照中国哲学史的基本说法，中国哲学的基本概念是“道”。从中国哲学的角度，我的理解是：无崖子的形象，略等于“道”。

根据他的出场，我们即可以看出他的“混沌”性亦即“道”性。无崖子的出场非常奇特——他住在一个“无门无窗”的木屋之中，木屋无门，要靠虚竹小和尚以掌硬劈，才能“打开”：

> 苏星河走到那三间木屋之前，伸手肃客，道：“小神僧，请进！”虚竹见这三间木屋建构得好生奇怪，竟没门户，不知如何进去，更不知进去作甚，一时呆在当地，

没了主意。只听得那声音又道："棋局上冲开一条出路，乃是硬战苦斗而致。木屋无门，你也用少林派武功硬劈好了。"（第三十一回）

木屋之中，空空荡荡，一无所有：

（虚竹）但见自己处身在一间空空荡荡、一无所有的房中。他想找寻门户，但这房竟然无门无窗，只有自己撞破板壁而跌进来的一个空洞。（第三十一回）

无崖子悬空坐在另一间同样空荡的小木屋中：

虚竹听那声音甚是和蔼慈祥，显然全无恶意，当下更不多想，左肩在那板壁上一撞，喀喇喇一响，那板壁已日久腐朽，当即破了一洞。

虚竹一眼望将进去，不由得大吃一惊，只见里面又是一间空空荡荡的房间，却有一个人坐在半空。他第一个念头便是："有鬼！"吓得只想转身而逃……（虚竹）再向他凝神瞧去，这才看清，原来这人身上有一条黑色绳子缚着，那绳子另一端连在横梁之上，将他身子悬空吊起。只因他身后板壁颜色漆黑，绳子也是黑色，二黑相叠，绳子便看不出来，一眼瞧去，宛然是凌空而坐。（第三十一回）

为什么会这样？

我的理解：这个无门无窗、屋内空荡一无所有，在哲学概念上，可以是混沌未开时的"无极"状态，可以就是一个"混沌"、一个"圆"；亦即《老子》所说"有物混成，先天地生"的"混成"之"物"——道。

小木屋在哪里？在天聋地哑谷。

相对于普通住所，山谷本来就是封闭、静止之地；封闭、静止之地复以“天聋地哑”名之，则和小木屋一样，天聋地哑谷，在哲学上其实也指向原始和混沌。

小木屋号称“三间”，但里面其实是“两间”。

为什么是两间呢?

我认为，两间木屋，无门无窗，略等于阴阳未分化之气（无门无窗以象其混沌）；阴阳未分化之气，由两间组成，则很明显是象征“阴阳”：一间空无一人，以象“无”，一间由无崖子“悬空而坐”，以象“有”；“有”“无”相生，生出一个“逍遥派”来。

无崖子“悬空”坐在“混沌”之中，略等于“无中生有”；无崖子本人，略等于混沌（圆）中生出的一个“点儿”。这个“点儿”，其实就是道家所讲的“先天一气”；天地生成前之

“一气”，亦即天地万物之母体，是世间万事万物的本原；

同时也就是“道生一”的“一”；

是“一元复始”的“一元”。

《老子想尔注》说：“道者，一也。”在谁也不知道的地方产生了本源之气，这就是宇宙的最初始状态，什么都没有，却包含了巨大的能量。

无崖子在木屋中的状态，其实就是“道”阴阳未分时的混沌状态。

无崖子先天地而生，其实就是道家所说的“道”。根据哲学结构，推衍至整个逍遥派——包括丁春秋——金庸先生其实都是在讲道家的“道”。

《老子》说："道生一，一生二，二生三，三生万物。"无极生太极，这个"本源"，又分化为"阴""阳"二气。

逍遥子是"道"，是"本源"，是"一"。"一"生"二"——无崖子这个师父，"生"出"苏星河""丁春秋"这两个弟子。

我们先来"释名"：

什么是"星河"？"星河"就是天上的银河——张融《海赋》："星河如覆。"银河可以指代"空间"；什么是"春秋"？春秋即"春天""秋天"，是四季轮回之意，可以指代"时间"。

再来引申：

"空间"为"宇"，"时间"为"宙"；"空间"（苏星河）加上"时间"（丁春秋），就是"宇宙"。"宇宙"是什么？"宇宙"就是"阴阳"——所以苏星河、丁春秋，在哲学概念上，就是“一生二”的“二”，正好可以指向传统哲学中的“阴”和“阳”。

“阴阳”的概念，最早见于《易经》。简单点儿说，就是万事万物的正反两面；它们互相斗争、互相依存、互为表里、此消彼长。这种关系，我们知道，在故事结构中，也正是苏星河与丁春秋的复杂关系。

我在《金庸小说人名说》一文中，曾经说过如下一段话，对两人的“阴阳”概念进行过概括。在文中，我是把苏星河理解为“阴”，把丁春秋理解为“阳”：

> ……其中苏星河是象“阴”：“阴，荫也，气在内奥荫也。”（《释名·释天》）看他胸罗万象，偏又装聋作哑，韬光养晦，气在内奥荫如此；丁春秋是象“阳”：“阳，扬也，气在外发扬也。”（《释名·释天》）看他趾高气扬，不可一世，张牙舞爪，气在外发扬至斯。

无崖子被丁春秋所逼，东躲西藏，狼狈不堪，隐姓埋名，“假死”求生，就像孔夫子当年的“累累若丧家之狗”。作为中国哲学最高概念的“道”，无崖子为什么会这么狼狈？

我的理解，这是作者有意为之。

简单点儿说，就是因为“作为最高概念的‘道’”，他才会这么狼狈——无崖子的这个狼狈，在某种程度上，其实恰恰是“道”的本意——道之为物，是“渊”，是“冲”，是“深”，本来就是“柔弱”“低下”“隐藏”的意思。“天地之化，在高与深；圣人之道，在隐与匿”，即此意也。

他的这个狼狈，在某种意义上，其实仍然是哲学概念的故事化。

## 十三

我们接着往下看。

“二生三”——什么是“三”？

老子说：“万物负阴而抱阳，中气以为和”。阴阳二气互相作用，形成一股和谐之气，这股和谐之气，即是“三”。

这个“三”，在哲学上是阴阳相交而形成的“中和”状态，在故事里指的是无崖子的关门弟子虚竹——按照三个弟子的入门顺序，虚竹也是排在第“三”位。

逍遥派内部纷争非常严重。苏星河、丁春秋相争相持数十年，李秋水、天山童姥也是相争相持数十年，各方恩怨情仇，盘根错节，基本上属于“无解”状态。但奇妙的是，等到虚竹一出现，大家所有的争执、纠纷，居然都纷纷冰释、一夕而解了——这就是“中气以为和”——第“三”弟子（第三种和谐之气）的出现，很快化解了各方势力的内耗，读者眼前，迅速现出了一个“和谐”（中和）状态的逍遥派。

有了这个“和谐”（中和）状态，则万物各从其序，衍生滋长——这就是“三生万物”。

有读者也许会问：“虚竹生了‘万物’吗？如果生了，这个‘万物’又在哪里？”

在书中，虚竹没有生出万物。

但根据作者的描述，“三生万物”的“万物”概念，略微转移一下，其实可以指向苏星河的八个弟子——“函谷八友”。

我们简单看一下。

“函谷八友”，顾名思义，是有“八”个人，彼此之间相处很好——“八”个人，这在数量上首先就符合了“八卦”之数——其中康广陵童心烂漫，金浑玉璞，可以是“纯阳”之意，可象“乾卦”；石清露身为女子，属于“纯阴”，可象“坤卦”，其余六人则分别可象兑、离、震、巽、坎、艮等卦是也。

什么是“八卦”？按照《周易·系辞》的说法，八卦之作，“以通神明之德，以类万物之情”；类万物之情，即是将“天地万物中的各种道理系统表述”，函谷八友所精通的“琴棋书画，医卜星象，工艺杂学，贸迁种植”等等，正好可以指向天地人间的“万事万物”。

为什么八友以“函谷”为名？

函谷其实指向函谷关——函谷关是当年老子撰述《道德经》的所在，是道家哲学的发祥之地与肇始之地——金庸写逍遥派诸人，很明显是把他们作为一个哲学概念来写的。金庸把“道生一,一生二,二生三,三生万物”这个哲学概念完全故事化了。

把“哲学概念”进行“故事化”，其实一直都是金庸的写作秘诀之一。

## 十四

有的读者读到这里，也许会觉得很神奇。但秉着“勤学好问”的态度，也许还会不断发问:“慕容世家与逍遥派，既然是哲学概念的故事化，既然你提到无极、太极、八卦，那为什么没有‘四象’、没有‘五行’呢? 哲学的基本概念，是不是应该包括‘四象’和‘五行’？”

假如真有一位读者这么发问，足见他不但对中国哲学很熟悉，同时对金庸的理解也比别人多着一层。这个“四象”“五行”的概念，其实就藏在金庸笔下的字里行间，只不过他的故事情节太精彩了，以至于让很多读者只顾得跟着情节走，而顾不上停下来考查一下文字。

诚然，金庸先生的文字，文白相间，情节曲折，引人入胜，对普通读者而言，“别具一种魔力”。

我自十几岁初读金庸，三十年来口不停诵，文字、情节早已滚瓜烂熟，但一旦展读，仍然会被他的文字、情节吸引，整个人会不由自主地跟着文字、情节走。所以在做这套金庸评论时，我不得不一次又一次地打断情节，让自己静下心来，涵泳而到文字索隐。

是的，没错。金庸小说，在很多时候，需要从文字上、从字面上下功夫，需要“索隐”。

我们想要知道“四象”的对应人物，最简单的办法，或者说最简单的经验，是先看一下慕容世家与逍遥派里面有没有“组团”角色。组团的角色里面，有没有四人一组的？如果有，他们与“四象”有没有关系？

在全书中，慕容家的少主慕容复，算是一位主角。他身边有四位家臣：邓百川、公冶干、包不同、风波恶——这四位家臣，算是配角。

这四位配角，在书中的戏份也不少。尤其包不同，形象塑造得很精彩。他的动辄“非也非也”，带给了很多读者不少的开心和欢乐。在这里，我们暂时放弃对人物形象的赏析，单从哲学角度，看看他们四位与“四象”有没有关系？

我的理解是：有。

首先从人物的数量上，四象，是“四”；四大家臣，也是

“四”。

从地理位置上，四象，分居四方；四大家臣，也分居四方。

根据书中作者对四大家臣的描述，我认为他们可以代表中国哲学的“四象”。

仍然先看文本：

> 全冠清道：“‘非也非也’包不同是慕容复属下的金风庄庄主，‘一阵风风波恶’是慕容复手下的玄霜庄庄主……”

> 只听乔峰又道：“……分手时我问他姓名，他说复姓公冶，单名一个‘干’字。这不是乾坤之干，而是干杯之干。他说是慕容公子的下属，是赤霞庄的庄主……”（第十五回）

“赤霞”即“红霞”，根据哲学概念，赤为五行之火，于色为红，于候为夏，方位在南。所以“赤霞”可以代表“南方”。

“金”是五行之金，“金风”即秋风。金于候为秋，方位在西。“金风”可以指代“西方”。

“玄”有两个意思：一为黑色；一为极北之地。“霜”者霜雪。“玄霜”五行属水，于色为黑，于候为冬，方位在北。“玄霜”很明显可以指向“北方”。

所以根据“四象”结构，公冶干其位在“南”，包不同其位在“西”，风波恶其位在“北”。“四象”方位已有其三。

至于“东方”，书中虽没明说大哥邓百川所居的庄名，但三人方位既定，则邓百川应该就可以指向“东方”。

“东方”在哲学上代表“起始”，是“事物之首”，所以他是三人的“首领”；在方位上是百川汇海之地，所以其名为“百川”。东方在八卦上为“震”卦，所以他善施“石破天惊”之掌力——“石破天惊”，即是“震”卦之“震”也：

> 慕容复知道邓百川使出一招“石破天惊”的掌力，对方多半抵挡不住……（第三十三回）

所以我认为，四人分据四方，可以代表“四象”。

有了四象，那么五行呢？五行在哪里？慕容世家与逍遥派的人物中，有没有一个组合是五位？

——好像没有。

但我的理解：稍微变通一下，四大家臣，加上少主慕容复，是五个人。五人足了五位之数，即可组成“五行”。

四大家臣平生行事，与少主走的最近。四人一生追随慕容复，志在复国。慕容复既然是其“少主”，则于情于理，不但可以与四臣相并，同时还可以凌乎其上——按照“五行”的结构，四大家臣既然分居东、西、南、北四个方位，则慕容复自然可以代表“中央”。中央五行属土，于色为“黄”。慕容复既据中央，则身上衣衫，是不是应该就是黄色？

我们根据文本，看一下慕容复的出场：

但听得笑声清朗，一株松树后转了两个人出来。……但见那人二十七八岁年纪，身穿淡黄轻衫……（第三十一回）

不偏不倚，正是“淡黄”轻衫——“淡黄”，自然是“黄色”无疑了。所以我认为，这个“淡黄”轻衫，在这里不仅仅是一件“黄色的衣衫”，更是一个哲学概念，它实际上暗示了慕容复“五行”结构的“中央”身份。

综上所述，我们可以看到，金庸写慕容世家与逍遥派，其实是把中国哲学的基本概念，一一进行了“故事化”：

“无极”“太极”“阴阳”“四象”“五行”“八卦”等这些哲学概念，其实可以分别指向逍遥子、苏星河、丁春秋、四大家臣、慕容复、函谷八友等人物。

从这个角度上，我们再看逍遥子、李秋水、天山童姥，就会明白为什么他们会组成逍遥“三”老（不是“二”老也不是“四”老）：因为这个“三”数，不但符合传统哲学中天才、人才、地才的“三才”之数，同时也符合道家“一气化三清”的“三清”之数——这其实是作者“哲学概念故事化”又一个明显的例子。

金庸正是以道家哲学“道生万物”的宇宙起源论为基础，

构建和设计了他笔下的慕容世家与逍遥派故事。

金庸笔下的人物、故事，其实多是从中国哲学结构中得来。只是作者这个“写作方法”，截至目前为止，基本上还没几个人注意到。

## 十五

前几天重读李泽厚、刘再复两位先生的对话，偶有所感，就“道生万物”的哲学概念，另补一段于此。

在传统哲学中，无极，往往由一个圆圈来表现，即：○。道生于虚无，虚无先于道而存在。无崖子的第一间木屋，略等于先于道的“无极”（虚无）。

太极，则为圆中之一点，即：⊙。圆中多出一点儿，即象征万物萌发，进入太极。无崖子所代表的这个“点儿”，既可以是我们常说的“道”。

道家尚自然，道教尚长生。无崖子在书中是“逍遥派”创始人，崇尚自然，追求长生。“无崖子”的形象塑造，其实略等于“道”的本意。

或者也可说，无崖子即是“道”的本身。

这个“道”，也可以是“自然”。

“道”的“混沌”，不是“一无所有”，而是“无处不在”；无崖子之为“道”，是在于他的知“天命”，在于他境界的“天人合一”。

如前所述，无崖子传苏星河、丁春秋，即是“易有太极，是生两仪”；四大家臣，分据四方，即是“四象”；四大家臣加上慕容复，组成“五行”；函谷八友，则很明显组成“八卦”——逍遥派与慕容世家，其实就是哲学概念上的“道”，以及“道”的延伸与衍生。

从审美的角度，逍遥派与慕容世家，都是“自然”；他们的故事，都寓意了“自然的人化”——在这里，这个“自然的人化”，是按照李泽厚“美是自然的人化”这个说法——刘再复对这个概念有着非常到位的引申：“贾宝玉这一至真至善至美的生命，原来是一块石头，即原来是自然。他通灵之后化为人到人间，这就是人化。所谓《石头记》，就是自然人化的传记，自然人化的史记。”

根据李泽厚、刘再复这两位大哲的说法，我们回看《天龙八部》，回到逍遥派与慕容世家故事，也会发现接近或相同的逻辑：和贾宝玉这块“石头”一样，逍遥子这个“圆中之一点儿”，哲学概念上由无极而生出的“太极”；苏星河、丁春秋所组成的阴阳“两仪”；四大家臣及慕容复所组成的“四象”“五行”；函谷八友所指代的八卦、万物，统而言之，其实也都是“自然”。他们通灵之后，化为人，来到人间。这就是人化。

曹雪芹让妙玉问宝玉：“你从何处来？”宝玉答不出，惜春替他解围说：你不会答“从来处来”吗？按照刘再复的理解，这个“来处”，即是青埂峰，即是石头，亦即是自然。

逍遥派与慕容世家的地理坐标，比如“无量山”“琅嬛福地”“天山”“天聋地哑谷”“星宿海”“琴韵小筑”“听香水榭”“曼陀罗庄”等，是自然；姓名或道号如“逍遥”“无崖”“秋水”“星河”“博”“萝（罗）”“复”等，或出自《庄子》，或源自道家哲学，也是“自然”；武功如“北冥神功”“凌波微步”“斗转星移”“白虹掌力”“天长地久不老长春功”等，部属如“九天九部”“三十六洞七十二岛”等，甚至包不同所收服的“青城派”以及与青城派死对头的“蓬莱派”等，源自道教神话与神仙传说，也是“自然”。

这些，都是“自然的人化”。

虚竹，集逍遥派之大成，则是自然人化的极致。

在哲学与美学的高度上，金庸小说，与李泽厚的大观、通观美学以及刘再复的红楼悟证哲学，息息相通。

## 十六

以上是就哲学的“概念”讲。

除了“概念”，还有“状态”。

就哲学的“状态”讲，慕容世家与逍遥派，表现出的是道家哲学的“存而若亡、生而若死”——这其实就是道家所认为的“真人”境界与“真人”状态。

《淮南子·精神训》有云：“所谓真人者，性合于道也。故有而若无，实而若虚……其动无形，其静无体；存而若亡，生而若死……”

我不知道读者朋友们有没有发现，作为一个江湖门派，逍遥派与众不同的地方在哪里？

它是世间第一大派，但世上知道它的却寥寥无几——这就是“有而若无”；

在世人看来，只有“灵鹫宫”，只有“星宿派”，只有“聋哑门”，这些已经是一般人眼中的“神存在”了，它们组合在一起的“逍遥派”，基本没有人知道——这就是“实而若虚”；

慕容世家也是如此：姑苏慕容“名满天下”，但知道它的其实也不多。参看第九回：

黄眉僧叹道：“……段二弟，姑苏慕容氏有一句话，叫做：‘以彼之道，还施彼身’，你听见过么？”段正淳沉吟道：“这句话倒也曾听见过，只是不大明白其中含意。”

黄眉僧缓缓的道：“老僧听说世间确有慕容博这一号人物，他取名为‘博’，武功当真渊博到了极处。似乎武林中不论哪一派哪一家的绝技，他无一不精，无一不会。更奇的是，他若要制人死命，必是使用那人的成名绝技。”

并见第十回：

保定帝道：“本相大师可知那慕容先生的为人么？”

本相道："我不知道。但想大轮明王是何等样人，能得他如此钦佩，慕容先生自非常人也。"

黄眉僧何等武学修为？但即使他这样的高手，对慕容世家也毫不了解，对"慕容博"这号人物也仅限于"听说"过；大理段氏威震天南，一阳指、六脉神剑何等厉害？黄眉僧讲述慕容世家，却是以"你听见过么"来反问；而段正淳的回答，以及随后保定帝与本相大师的一问一答，也都证明了大理段家，包括天龙寺诸高僧等对姑苏慕容确实不了解——这可以是"其动无形"；

至于慕容氏念念不忘的"大燕国"，更是基本没人知道。它只存在于慕容世家的想象里——这可以是"其静无体"；

在"日常"状态上，逍遥子是"假死"，隐姓埋名三十年；

苏星河是装聋作哑，长期一言不发，以至于江湖人称

“聋哑老人”，以为他真的又聋又哑：

> 薛慕华道：“玄难大师，邓师傅，我们的受业恩师，武林之中，人称聪辩先生……”玄难和邓百川等都是一怔，齐道：“什么？”聪辩先生便是聋哑老人。此人天聋地哑，偏偏取个外号叫做“聪辩先生”……（第三十回）

函谷八友日以琴棋书画为娱，实际等于是一批“隐士”；

李秋水隐于西夏皇宫。在一般人的认知里，她只是西夏国的皇太妃；

天山童姥也没有露过面。以往受她统辖的三十六洞、七十二岛之各方人士，甚至从来没人见过她；

慕容博隐姓埋名，和逍遥子一样，也是“假死”；

王夫人，甚至没人知道她也是慕容家的人……

江湖上的慕容世家与逍遥派，在某种程度上无处不在，但又好像长期不存在。为什么会这样？我认为，这其实都是道家哲学的基本状态："有而若无"、"实而若虚"、"存而若亡"、"生而若死"。

逍遥子、李秋水、天山童姥、慕容博、苏星河、函谷八友等，都属于道家所认为的"真人"。他们的存在，可以是"有而若无"、"实而若虚"、"存而若亡"、"生而若死"。

## 十七

说到"真人"，我们不妨再看一下虚竹，拿虚竹与慕容世家与逍遥派做一对比。

一般认为，虚竹出身少林，在精神气质上是“佛”的概念，和“道”应该没有什么关系。

其实不然。

金庸写虚竹，完全是一个“真人”的概念。慕容世家与逍遥派的人物，多是道家所谓的“真人”。虚竹的所作所为，其实也符合道家的“标准”。

道家的最高境界是“真人”。虚竹在性情上的混沌未凿状态，其实就是“真人”状态。绝大多数人追求的饮食之欲、物质之欲，对他而言都是痛苦的，都不是追求的对象。

在庄子的定义里，“真人”最重要的特征是“自然”，不是意志；是“顺应”，不是强求；是无为，不是有为。

虚竹就是这样的真人。

他奉命下山，只为送信，送信之外的事，一概不做：

虚竹又退了两步，说道："施主有所不知，小僧此番下山，并不是武功已窥门径，只因寺中广遣弟子各处送信，人手不足，才命小僧勉强凑数。小僧本来携有十张英雄帖，师父吩咐，送完了这十张帖子，立即回山……"（第二十九回）

这就是"无为"。

天山童姥指使、引诱、逼迫他连犯数戒，他"不嗔不怒，只轻轻念佛"：

他（虚竹）心中一静，便念起经来："修道苦至，当念往劫，舍本逐末，多起爱憎。今虽无犯，是我宿作，甘心受之，都无怨诉。经云：逢苦不忧，识达故也……”

……虚竹双手合十，又念经道：“众生无我，苦乐随缘。纵得荣誉等事，宿因所构，今方得之。缘尽还无，何喜之有？得失随缘，心无增减。”

……虚竹念经道：“世人长迷，处处贪着，名之为求。禅师悟真，理与俗反，安心无为，形随运转。三界皆苦，谁而得安？经曰：有求皆苦，无求乃乐。”

不嗔不怒，只轻轻念佛。此后数日之中，童姥总是大鱼大肉去灌他。虚竹逆来顺受，除了念经，便是睡觉。（第三十六回）

“不嗔不怒，只轻轻念佛”；“甘心受之，都无怨诉”；“逆来顺受”；“得失随缘，心无增减”——这些，就是我们常说的“事来即应，事过即静”——其实也就是“顺应”。

等到破了色戒，虚竹起了“自暴自弃之心”：

此后的几个时辰，他全在迷迷糊糊中过去。童姥再拿鸡鸭鱼肉之类荤食放在他面前，虚竹起了自暴自弃之心，寻思：“我已成佛门罪人，既拜入了别派门下，又犯了杀戒、淫戒，还成什么佛门弟子？”拿起鸡肉便吃，只是食而不知其味，怔怔的又流下泪来。童姥笑道：“率性而行，是谓真人，这才是个好小子呢。”（第三十六回）

这个“自暴自弃”，是虚竹就自己“当不成小和尚”而言的。在童姥看来，他的“拿起鸡肉便吃”，却是“率性而行”，正是“真人”的表现。文中“率性而行，是谓真人”八个字，分明是查先生忍不住又在点题。

## 十八

隐姓埋名之后，无崖子的后半生都在等待中渡过。等到虚竹出现，无崖子知道，自己用漫长岁月等待的人，终于来了。

和无崖子不同，虚竹的“不开窍”，其实直接就是“真人”状态。他不像无崖子。无崖子需要“修炼”，需要努力进取。而虚竹不需要，虚竹天生就是“真人”。

书中特别写到虚竹的状态“御风而行”：

> 虚竹心下甚喜，却不敢开口，依着那女童所授的法子向前跃出，平飞丈余，落在第二株树的枝干上，一弹之下，又跃到了第三株树上，气息一顺，只觉身轻力足，越跃越远。到得后来，一跃竟能横越二树，在半空中宛如御风而行……（第三十五回）

使用的即是列子“御风而行”的典故，说虚竹像神话中的“真人”一样，能够驾着风在空中飞行，展现的就是道家闲放不拘的自由自在。

虚竹的状态，本身就是“道”，就是“自然”，就是“真人”。按照刘再复先生的话说，虚竹本身就是天真混沌的“婴儿状态”（“道”的状态），老子说“复归于婴儿”，虚竹本身就是“婴儿”（真人），根本无须“复归”；他的人格，是“混沌未凿的自然人格”（自然）；他的境界，是“与自然的根本妙道冥合齐一的天地境界”。

这个“天地境界”，就是“逍遥游”，就是无限时空下的怡适自得（御风而行），也就是逍遥派的最高境界。

统而观之，逍遥子、苏星河、慕容博、函谷八友等，都有着至情至性、简单纯粹的一面，也都有着道家的“真人”

形象和“真人”境界；但有一点，对于身外的事物，他们都沉迷过深。

逍遥派的琴棋书画、医卜星象等，在某种程度上，其实都可以代表人世间的欲望。慕容世家的嗜欲则是“复兴大燕”。我们常说“玩物丧志”，查先生在书中其实对这一点颇有警示：

苏星河站起身来，向着众人深深一揖，说道：“玄难大师驾到，老朽苏星河有失迎迓，罪甚，罪甚！”眼光向众人一瞥，便又转头去瞧棋局……玄难说道：“好说，好说！”见苏星河如此重视这一盘棋，心想：“此人杂务过多，书画琴棋，无所不好，难怪武功要不及师弟。”（第三十一回）

玄难心想：“这位聪辩先生的师父徒弟，性子相似，都将毕生的聪明才智，浸注于这些不相干的事上，以致

让丁春秋横行无忌，无人能加禁制，当真可叹。”（第三十一回）

苏星河言语行事，大有乃师之风，其实可以是小一号的逍遥子。

苏星河何以以“苏”为姓？《小尔雅·广名》说：“死而复生谓之苏。”死而复生，是“苏”的本意，在这里，其实可以指向逍遥子的人生起落——逍遥子的“假死故事”，即是按照这个“苏”字的本意来进行演绎。

他们都有“真人”的一面，但他们又各有嗜欲。嗜欲深者天机浅。他们行走在成为“真人”的路上，在某种程度上只是真人的“不同阶段”，还达不到完美。

虚竹则不同。虚竹无欲无求，集了他们的大成，又无他们的嗜欲——这位逍遥派新掌门的出现，意味着逍遥派修真境界的臻于完善——虚竹，是“真人”的极致。

## 十九

在书中，在精神层面上，段誉、乔峰、虚竹，是认识自己；慕容世家与逍遥派，是寻找自己。

失去国家之后，慕容家就失去了自我。复国的过程，就是寻找自我的过程。

被迫“假死”之后，无崖子也失去了自我。寻求破解珍珑棋局的年轻人，在某种程度上，其实就是寻找当年的自己。

寻找自己，重点不是“自己”，而是“寻找”。当我“寻找”（思考）“我”时，“我”已经不存在。当年有人问顾城，什么是“无我”？顾城回答：“无我”，就是“我”不再寻找“我”。

只有从“目的”中解脱出来，“我”才会回归到“我”本身。

这更像一个无奈的悖论：

慕容博、萧远山一世为仇，循循相因失去自我；但当二人面对无名老僧，同时认识到“自我”的虚妄时，“自我”恰恰就“找到”了。

李秋水、天山童姥也是如此。

两人本来是师姊、师妹，因情生妒产生矛盾，纠葛一生。临死之前，面对小妹子的画像，她们忽然也认识到“自我”的虚妄——“自我”，在这里即是小妹子——小妹子的画像，天山童姥一直认为是“李秋水”，李秋水也一直认为画像是“自己”（自我）；当发现这一切都是假的，“李秋水”不是

“李秋水”，“自己”（自我）也不是“自己”（自我）时，两人就一先一后，几乎同时的“开悟”了。

并且，奇妙的是，当认识到“自我”的“虚妄”时，她们恰恰也找到了“自我”的“真实”。

苏星河，是另一个无崖子。在某种程度上，他就像无崖子的影子。

在武功方面，和无崖子一样，他也打不过丁春秋；在性情方面，和无崖子一样，他也追求雅致清趣；在爱好方面，他琴棋书画、医卜星象无所不好；他的一众弟子：琴癫康广陵、棋魔范百龄、书呆苟读、画狂吴领军、神医薛慕华、巧匠冯阿三、花痴石清露、戏迷李傀儡，加起来略等于他自己；而他又是小一号的无崖子——在苏星河和函谷八友身上，无崖子能看到过去的自己，他们可以是自己过去时光的无数个碎片，同时也可以是自己的无数个分身。

无崖子、苏星河、慕容博、函谷八友等，其实可以是同一个人。

他们都在寻找自己，又不断被人所寻找。

每一位觉者，或者说每一位开悟者，在开悟之前，或多或少都会经历一段迷失期。在这个迷失期，面对这个世界的各种手段、各种目的，也许都只是形式，其本质都是在寻找自己。

人类的终极问题是什么？欧文·亚隆说："死亡、孤独、无意义和自由。"慕容世家和逍遥派中的几乎每一个人，都分别面对过死亡、孤独和无意义，最终在各自的层面上，也都得到了自由。

## 二十

前文说过，《天龙八部》有着多层结构。除了故事结构外，还有哲学结构、宗教结构以及神话结构等。以上的讲述，基本都属于哲学概念的范畴，从本节开始，我们逐渐转入到“宗教结构”。

从宗教结构看，慕容世家与逍遥派的故事也很有趣味。

宗教结构，其实也可以是哲学结构的延伸。

从宗教的层面，我的考察结果是：逍遥子的存在，可以象征道教。他的名号，出自道家典籍《庄子·逍遥游》，他自己也用《庄子·逍遥游》中的话解释逍遥派的来历：

> 那老人微笑道：“你还不肯称我师父？”虚竹低头道：“小僧是少林派的弟子，不能欺祖灭宗，改入别

派。”那老人道：“你身上已没半分少林派的功夫，还说是什么少林弟子？你体内蓄积有‘逍遥派’七十余年神功，怎么还不是本派的弟子？”虚竹从来没听见过“逍遥派”的名字，神不守舍的道：“逍遥派？”那老人微笑道：“乘天地之正，御六气之辩，以游于无穷，是为逍遥……”（第三十一回）

《庄子·逍遥游》原文是：

若夫乘天地之正，而御六气之辩，以游无穷者，彼且恶乎待哉！故曰：至人无己，神人无功，圣人无名。

他改名之后的“无崖”，也出自《庄子》：

彼且为无崖，亦与之为无崖。（《人间世》篇）

吾生也有涯，而知也无涯。（《养生主》篇）

他所收的三个弟子，苏星河的“星河”，在哲学层面上属于“空间”，在宗教层面上则属于“道教”（道家）。“星河”一词，可以是“银河”，但也可以指代“大自然”。道教讲求“天人合一”，所谓“道法自然”——道教的“神仙思想”，即是人与自然的合而为一。“神仙”的“仙”字，可以是“人在山上”即“人在大自然中”的“象形”化解读。

与此同理，丁春秋的“春秋”，在哲学概念上固然是“时间”，在宗教层面上却可以是“儒教”（任继愈先生的认识）；“春秋”既可以是春秋时序，也可以是儒家五经之一——《诗》《书》《礼》《易》《春秋》，谓之五经——金庸在书中曾写到丁春秋的籍贯：

> 丁春秋咳嗽一声，说道：“少林方丈言之差矣！老夫乃山东曲阜人氏，生于圣人之邦，星宿派乃老夫一手创建，怎能说是西域番邦的门派？星宿派虽居处西域，那只不过是老夫暂时隐居之地。你说星宿派是番邦门派，

那么孔夫子也是番邦人氏了……”（第四十一回）

这个“山东曲阜人氏，生于圣人之邦”，其实是作者在直接点题——丁春秋和孔子同生在曲阜，意味着在某种程度上，丁可以指代孔夫子所代表的“儒教”（儒家）。至于书中写星宿派门人“厚颜无耻、抹杀良心”，可以看作是金庸对“小人儒”的一种夸张性的描述和讽刺。

在金庸笔下，岳不群代表“君子儒”，丁春秋、星宿派代表“小人儒”。不管是“君子儒”，还是“小人儒”，都不能是真正的儒家。君子儒的虚伪（岳不群式的），小人儒的可恶，与真正的儒家精神完全相反。金庸笔下的真正儒家，是平民布衣郭靖。郭靖虽然读书不多，但“富贵不能淫，贫贱不能移，威武不能屈”，一腔正气，出自天然，远非任何后天力量所能培育。

有的读者也许会问：“苏星河代表‘道教’（道家），丁春秋代表‘儒教’（儒家），虚竹出自佛门，自然可以代表‘佛教’（佛家）。金庸让儒、释、道三教同归于无崖子门下，他想表达的是什么？”

我的理解，他想表达的，应该就是彰显中国本土宗教“道教”（道家）之意了——在这里，我们不妨掉一下书袋，看一看中国道教（道家）在中国文化史上的地位：

当年鲁迅先生写给许寿裳的书信中有一句脍炙人口的话，他说：“中国根柢全在道教……以此读史，有许多问题可以迎刃而解。”

这句“中国根柢全在道教”，是鲁迅先生的一个著名论断。其本意到底如何，言人人殊，各种解读都有。但根据《天龙八部》，我们却可以发现一个有趣的角度：鲁迅的这句话，可以为《天龙八部》一书作批作注；《天龙八部》这部书，又可为鲁迅的这句话作阐作引——我们看，慕容世家与逍遥派，在文学、哲学、宗教等各个层面，人物、故事、概念等都能解释得通，这是不是很神奇呢？

作为传承道家思想的主力，在哲学上，道教无中生有、道生万物的宇宙本体论，和阴阳转化、规律运动的辩证思维法，在古代是被普遍接受的传统世界观和方法论。

道家的“无为”与“隐逸”思想，不染物性，不为物累，是一种很高的精神境界。

郭沫若认为：“道家思想可以说垄断了二千年来的中国学术界……”他的说法，亦足备一说。

英国汉学家李约瑟说：“中国人性格中有许多最吸引人的因素都来源于道家思想……中国文化就像一棵参天大树，而这棵大树的根在道家。”

任继愈老先生也说："道教（道家）典籍在中国文化宝库的地位决不下于佛教，甚至更为重要。"（《道藏提要》序）

至于金庸本人，一般认为他信奉佛教，但在一次采访中，他明确表示："我既不是佛家也不是儒家，倒有一点道家味道。年纪大了，觉得世界上事情都是无所谓的，不追求太大的目的，尽自己责任，每天过得快活就算。"（戴萍《金庸求真求细读历史》，《明报》2004 年 10 月 4 日）在潜意识里，他其实是很推崇道家和道教的。

金学家刘国重对此也有着同样的理解："论及传统文化对金庸的影响，人们往往过分重视他前期的'崇儒'和后来的'入佛'倾向。我倒分明感觉：与金庸天性最接近的反而是三教中最不被重视的道家思想。"

又说："与其说金庸近于佛，勿宁说更近于道；与其说金庸近于庄，勿宁说更近于老。鲁迅与知堂兄弟二人都认为国人思想的根柢乃是道教（家），而金庸身上具有中国文人的典型性格。他的一切优点与缺点几乎都是‘完全中国’的。”他认为作为功名之士，金庸兼具隐逸之心；其行为入世，而精神出世。金庸是以出世精神来做入世事业，而这更符合道家的思想。(《金庸评传》结语:《一捆矛盾的金庸》)

有的读者也许会追问：“逍遥派既然可以象征道教，那逍遥三老，岂非就是道教的三位最高领袖和最高神？”

我的理解，从神话的角度看，确是如此——逍遥三老，从神话角度看，的确有他们明确的神话指向——那么，沿着“神话结构”的思路走下去，逍遥子、李秋水、天山童姥，又该分别指向谁呢?

# 二十一

在撰写本书之前，我其实和一些网友（前提都是金庸迷）在微信群里有过这方面的讨论。

我的理解是：在“神话结构”中，逍遥子、李秋水、天山童姥这“逍遥三老”，可以象征天帝（玉帝）、西王母与九天玄女。

在网上讨论这段话时，有一网友名叫“十方秀才全冠清”，他按照《天龙八部》中全冠清的台词，很认真地问了一句：“阁下何所见而云然？”

翻译过来，就是“你凭什么这样说？”

我当然有我的理由。

按照全书的叙事结构，缥缈峰灵鹫宫天山童姥的大名出现的最早，在第一回即已出现，所以我们姑且从童姥讲起。

在书中，天山童姥有她的特殊性。

第一，她是李秋水和无崖子的师姊，李秋水、无崖子年龄都没她大。也就是说，在逍遥三老中，她的资格最老。

第二，她修炼了一门神奇的武功“天长地久不老长春功”，这门神功能让她一次次的“返老还童”。

第三，她有着九天九部和三十六洞七十二岛等数千部属，并以“生死符”驱使三十六洞、七十二岛之各路鬼仙。

第四，她住的宫殿，叫做灵鹫宫，灵鹫宫的典型标志是一只黑鹫。

在道教仙话中，九天玄女是女仙领袖，地位仅次于西王母，但在传统神话中，她是上古女神，她的资历其实比西王母还要老。

在书中，查先生写三人中童姥年龄最大，这其实可以看作是：作为上古女神，九天玄女在三人中资历最老；

天山童姥修炼了一门神奇的武功“天长地久不老长春功”。这门神功的特殊之处在于，它能使童姥一次次的“返老还童”。这个“返老还童”，其实很明显指向道教神仙所独有的“长生不老术”，这符合九天玄女作为道教女仙的基本设定。

“天长地久不老长春功”，是查先生在新修版中改定的。此前通行的版本，不叫这个名字，而是叫“八荒六合唯我独尊功”。

为什么有此一改?

因为“八荒六合唯我独尊”，很明显指向佛教的创始人释迦牟尼——释迦在出生时，一手指天，一手指地，说：“天上天下，唯我独尊。”——“唯我独尊”这四个字，基本上是释迦牟尼的象征和标配，这不但不符合逍遥派出自道家的哲学设定，在神话结构上，也无法拿来与九天玄女这位道教神仙相对应。

改定后的“天长地久不老长春功”，则很明显属于道家的概念，这就合乎了童姥对应九天玄女的这个“女仙”设定——所以在很多时候，不是查先生“老糊涂了”，他也不是在随便乱改。一些读者读不明白，是因为自己对中国神话的结构了解太少，没有宏大的思想体系和系统的知识结构作基础，仅仅通过故事情节，就金庸小说看金庸小说，根本无法明了查先生在故事背后试图“还原和解释中国神话”的精心设计和整体构想。

# 二十二

我们接着往下看。

在书中，天山童姥统率“九天九部”：

> 童姥道：“你们焦急，那便如何？怎地不赶快下山寻我？”那老妇道：“是！属下九天九部当时立即下山，分路前来伺候尊主。属下昊天部向东方恭迎尊主，阳天部向东南方、赤天部向南方、朱天部向西南方、成天部向西方、幽天部向西北方、玄天部向北方、鸾天部向东北方，钧天部把守本宫……”（第三十七回）

“九天”者，天有九重之高，谓其高不可测，象征着某种事物的极致。《楚辞》王逸注说：“九天，东方曰皞天，东南方阳天，南方赤天，西南方朱天，西方成天，西北方幽天，北方玄天，东北方变天，中央钧天。”其中“皞”亦作“昊”；

“变”亦作“栾”或“鸾”。

为什么是“九天九部”（而不是“八天八部”“七天七部”或“三天三部”）？

因为这个“九天”，其实可以就是“九天”玄女的“九天”。

童姥的根据地是“灵鹫宫”。灵鹫宫的标志是一只“黑鹫”：

（段誉）见她斗篷的胸口绣着一头黑鹫，昂首蹲踞，神态威猛，自己斗篷上的黑鹫也是一模一样，摇头叹道：“姑娘人家，衣衫上不绣花儿蝶儿，却绣上这般凶霸霸的鸟儿……”（第三回）

听得几个女子声音叫道：“尊主，属下追随来迟，罪该万死！”数十骑骆驼奔驰近前，虚竹见乘者全是女子，斗篷胸口都绣着一头黑鹫，神态狰狞。（第三十七回）

为什么是一只“黑鹫”（而不是“白鹫”“黄鹫”，或其他任何一种动物）？

因为这个“黑鹫”，其实就是九天玄女的原型——“玄鸟”——也就是说，黑鹫，可以笼统的指向“一只黑色的大鸟”。

“玄女”，其实就是玄鸟。《诗经·商颂·玄鸟》说：“天命玄鸟，降而生商。”九天玄女的形象，最早就是“人首鸟身”。《历世真仙体道通鉴·轩辕黄帝传》说：“天降一妇人，人首鸟身，帝见稽首，再拜而伏。妇人曰：吾玄女也，有疑问之。”

“玄”象“黑”，玄鸟，其实可以理解成：一只“黑色的大鸟”。只因童姥对应九天玄女，所以灵鹫宫的标志“黑鹫”，才要符合九天玄女的原型（黑色的大鸟）。

除了九天九部，童姥麾下，还统率有“三十六洞、七十二岛”：

……这些人（三十六洞洞主、七十二岛岛主）武功有高有低，人品有善有恶，人人独来独往，各行其是，相互不通声气，也便成不了什么气候，江湖上向来不予重视。只知他们有的散处东海、黄海中的海岛，有的在昆仑、祁连深山中隐居……（第三十四回）

在道教的故事里，九天玄女是天上星宿的领袖。《水浒传》写三十六天罡、七十二地煞一百零八座星宿下凡乱世，各人之穷通成败，尽归玄女掌握。在书中，她还帮助过宋江，送过宋江三卷天书。以后宋江归顺朝廷，领兵征辽时，被辽军的“太乙混天象阵”所困，她又梦授了宋江破阵之法。

天山童姥所统率的三十六洞洞主、七十二岛岛主，人数与《水浒传》中的三十六天罡、七十二地煞相等，其实可以指向九天玄女所掌括的一百零八将。

《天龙八部》中最大的战争场面，不是宋辽之战——在书中，金庸其实没有写到宋辽之间的正面战场——《天龙八部》中最大的战争场面，其实发生在灵鹫宫“内部”：三十六洞、七十二岛各路人马齐攻灵鹫宫，灵鹫宫门下的钧天部据险死守。

这场“战争”，除了武功之外，其实更多的是考验双方的战略布局。

根据情节需要，三十六洞、七十二岛最终攻破了灵鹫宫。但由此我们可以看出，天山童姥，其实是全书中唯一一位通晓兵法的帮派领袖——“缥缈九天”之中，八天部均已下峰寻找童姥，只余一部留守。仅留的一部人马，面对一百零八路来攻的敌人，在群龙无首之际，仍然守持了近半年之久，这除了钧天部人马本身的强大外，当然也说明了童姥平时的训练有方。

和童姥一样，九天玄女也是一位擅长行军布阵的战神。

作为著名的兵法家，除了《水浒传》外，九天玄女还反复出现在诸如《三遂平妖传》《女仙外史》《薛仁贵征东》等旧小说中。在这些旧小说中，她扮演的，往往也是行军布阵的女战神角色。

金庸小说，对旧说部改造颇多，惟读者多不留意。比如《书剑恩仇录》，红花会英雄群像，其实是模仿了《水浒传》；《射雕英雄传》一开场即写的“风雪惊变”（完颜洪烈看上包惜弱，杨铁心、郭啸天反抗官兵等），其实是参照了《水浒传》的“林冲故事”；《天龙八部》中的“乔峰与马夫人”，其实是对“武松与潘金莲”这个“英雄杀嫂母题”的改造；同理，天山童姥统率三十六洞洞主、七十二岛岛主，则很明显是“九天玄女统率三十六天罡、七十二地煞”故事的再演变。

九天玄女有《天书》数卷，除了行军布阵之法外，书中还记载着驱神策鬼的灵宝五符，以及六甲六壬兵信之符等秘诀：

《云笈七签》卷一一四《九天玄女传》：……玄女即授帝六甲六壬兵信之符，灵宝五符策使鬼神之书，制妖通灵五明之印，五阴五阳遁甲之式，太一十精四神胜负握机之图，五岳河图策精之决。……

这些授予轩辕黄帝的《天书》内容，充满了宗教式的夸张与想象力。《传》中提到的“兵信之符”，应该属于行军布阵的军事信符之类，不足为异，但随后的“灵宝五符”，引起了我极大地兴趣。根据《传》中所述，灵宝五符，属于“策使鬼神之书”。也就是说，拥有了灵宝五符，就可以号令和驱使各路鬼神。

我们想一下，这个“灵宝五符”，和天山童姥的“生死符”是不是有点像?

——和九天玄女的“灵宝五符”一样，天山童姥的“生死符”，也可以“号令和驱使各路鬼神”。

另外，道教称神仙居住的名山胜地为洞天、福地。从地理意义上讲，三十六洞、七十二岛，还可以指向道教仙话中的“三十六洞天、七十二福地”。

## 二十三

以上我们说的是天山童姥与九天玄女的对应关系。

接下来我们看看李秋水与西王母。

我的理解，作为天山童姥（九天玄女）的师妹，李秋水的神话形象，直接指向西王母。

作为一个汉语词汇，除了用于道教女仙的名字，“西王母”，还是一个地理意义上的古国，或者部族：

《尔雅》郭璞注：“西王母在西，皆四方昏远之国。”

这个古国，或者部族，经现代考古的发见，大约相当于现在的甘肃、青海一带，也就是古代的西夏一带。李秋水远嫁西夏，在神话意义上，对应的就是“西王母”这个地名。

作为代表繁殖和生育的大地母神，繁殖力强（性欲旺盛）是西王母的基本特征。书中写到李秋水多蓄小白脸，其实对应的就是西王母的大地母神这个特征：

过了一会，李秋水又轻轻说道：“师哥……我喝这玉像的醋，跟你闹翻了，出去找了许多俊秀的少年郎君来，

在你面前跟他们调情……”（第三十七回）

而她的女儿王夫人、外孙王语嫣、孙女西夏公主李清露，长得都和她几乎一模一样，这也从一个侧面，证明了她“生育和繁衍能力”的强大（基因强大）。

在与逍遥子分手之前，两人隐居无量山琅嬛福地。琅嬛福地，在地理结构上是一个洞穴。这符合西王母“穴处”（住在洞穴里）的特征：

《山海经·大荒西经》：有人戴胜，虎齿，豹尾，穴处，名曰西王母。

这个洞穴，其实还可以是女性阴户的隐喻：

他（段誉）又向玉像呆望良久，这才转头，见东壁上刮磨平整，刻着数十行字，都是《庄子》中的句子，大都出自“逍遥游”“养生主”“秋水”“至乐”几篇，笔法飘逸，似以极强腕力用利器刻成，每一笔都深入石壁几近半寸。文末题着一行字云：“逍遥子为秋水妹书。洞中无日月，人间至乐也。”（第二回）

“洞中无日月，人间至乐也”，可以是意味着两人性生活的和谐。逍遥派的“逍遥”二字，可以理解成“逍遥快活”之略，本身也隐喻了“性欢愉”在内。

李秋水善施“白虹掌力”。虹古字为拱形之蛇，在传统文化中，蛇是性欲的象征。李秋水的“白虹掌力”，象蛇一样蜿蜒游移，“曲直如意”，可以是指代“恣肆的情欲”。

西王母本是部族首领，半人半兽，长相难看。《山海经·西山经》说：“西王母，其状如人，豹尾虎齿而善啸，蓬发戴胜。”书中写李秋水面部残伤，可以是表现西王母的面目丑陋：

李秋水缓缓回过头来，伸左手揭开蒙在脸上的白绸，露出一张雪白的脸蛋。虚竹一声惊呼，只见她脸上纵横交错，共有四条极长的剑伤，划成了一个“井”字，由于这四道剑伤，右眼突出，左边嘴角斜歪，说不出的丑恶难看。（第三十六回）

在男女关系上，西王母有三个男人：一个是玉皇大帝。一个是东王公。一个是周穆王。

因为古典小说《西游记》等的影响，玉皇大帝与西王母的夫妻关系尽人皆知。在这些故事里，西王母不但是天庭的女主人，还很喜欢社交，她在天庭定期举办“蟠桃大会”，邀请各路神仙前来宴饮作乐。

根据神话典籍记载，西王母最早的“老公”，其实不是玉帝，却是东王公。

《山海经·中荒经》：昆仑之山……上有大鸟，名曰稀有，张左翼覆东王公，右翼覆西王母。西王母岁登翼，上之东王公也。

《三教搜神大全》卷一：东华帝君主阳和之气，理于东方，以号王公焉。与王母共理二气以育养天地、陶钧万物。

《吴越春秋·勾践阴谋外传》：（越人）立东郊以祭阳，名曰东皇公；立西郊以祭阴，名曰西王母。

在新修版中，金庸将李秋水和丁春秋的关系，改为了情人关系。读者普遍认为，这个改动殊为无谓，属于“非常狗血”。我问了身边几位研究金庸的学者，他们也都这么认为。有一位还半开玩笑地说：“金庸已经老糊涂了。”

真的是金庸“老糊涂”了吗?

我们想一下，事情还有没有可能存在另一个答案?

按照金庸小说的神话结构，在“哲学概念”上，丁春秋对应的是“阴阳”哲学中的“阳”。

哲学概念中“阳”的概念，在“神话”结构里，由谁来代表呢?其实是由东王公。东王公在汉代民间，与西王母开始相配，被认为是代表阴阳中“阳”的神祇:

《三教搜神大全》：东皇公号曰元阳父。

《仙传拾遗》：东王公，青阳之元气。

《集说诠真》：东王公为男仙之主，西王母为女仙之宗。此二元尊，乃阴阳之父母，天地之本源，化生万灵，育养群品。

和东王公代表“阳”一样，在书中丁春秋也是代表“阳”。两个人在哲学概念上的“同质化”，意味着在一定程度上，他们其实可以“重叠”。

神话中的东王公住在“碧海之中”。东晋葛洪《枕上书》说：“东王公，号曰元阳父，住在碧海之中。”与此对应，书中的丁春秋则住在“星宿海”。

在人物外形的塑造上，丁春秋童颜鹤发，是个“仙风道骨、画中神仙一般的老人”，这与东王公的外形也出乎一辙：

《山海经·东荒经》：“东荒山中有大石室，东王公居焉。长一丈，头发皓白。”

《汉武内传》：（东王公）形有婴孩之貌。

“婴孩之貌”，即是“童颜”；“头发皓白”，即是“鹤发”——“丁春秋”这个人物设计，在哲学上固然与东王公对应，在外形上，也与东王公对应。

丁的“山东曲阜人士”，略等于东王公的“理于东方”：

《墉城集仙录》：木公……以主阳和之气，理于东方，亦号曰王公焉。

在方位上，也与东王公对应——东王公，可以就是丁春秋的原型。

在神话结构上，东王公是西王母的老公。那么，在《天龙八部》里，按照“神话结构”，丁春秋（东王公）应该是谁？是不是也应该是李秋水（西王母）的老公（情人）？

## 二十四

根据早期史书《穆天子传》，周穆王与西王母有“瑶池之会”。在西王母的三个男人中，他是最接地气的，他的神话性也最弱。唯一带有神话气息的“瑶池之会”，也是有关西王母。

两人在瑶池上的宴饮唱和，略等于现在的情歌对唱。在这里，我们可以把他们理解成是一对情人。

和西王母一样，在金庸笔下，李秋水也有三个男人：一个是无崖子，一个是丁春秋，一个是西夏皇帝。

周穆王是人间帝王，史有其人。西夏皇帝李干顺，也是人间帝王，史有其人。

西王母生命中的三个男人，有两个是老公（东王公与玉帝），一个是情人（周穆王）。

李秋水生命中的三个男人，也是有两个是老公（无崖子与西夏皇帝），一个是情人（丁春秋）。

很明显，书中李秋水的情感结构，对应的其实就是神话中西王母的情感结构。书中的李秋水，对应的就是神话中的西王母。

除此之外，犹有王夫人可证：

王夫人是李秋水的女儿，闺名“阿萝”。在道教神话中，女仙太真夫人是西王母的小女儿，闺名“婉罗”：

> 《云笈七签》卷九十八：太真夫人者，王母之小女也。年可十六七，名婉罗。

王夫人，太真夫人，都是“夫人”（道教女仙常以某夫人、某某夫人名之），闺名都有一个“萝”（罗）字，这其实可以视为查先生又在忍不住点题：太真夫人的这个闺名“婉罗”，对应的就是王夫人的这个闺名“阿萝”。

根据《太平广记》记载，太真夫人，其实就叫“王夫人”：

《太平广记》卷五六《女仙一》：“云华夫人，王母第二十三女，太真王夫人之妹也，名瑶姬。”

云华夫人瑶姬，是太真王夫人的妹妹。在这里，太真夫人，又叫“太真王夫人”，如从简而称之，岂非正是“王夫人”？——太真夫人、太真王夫人、王夫人，其实是同一个人。

小说中的“王夫人”阿萝，可以对应神话中的“王夫人”婉罗。她们的母亲，在小说中指向李秋水，在神话中则指向西王母。

犹有“侍从使者”三青鸟可证：

根据上古神书《山海经》记载，西王母有三只青鸟，负责为她寻找食物，是她的侍从使者。《山海经·海内北经第十二》记载：“西王母梯几而戴胜，其南有三青鸟，为西王母取食。”

《汉武帝内传》记载西王母下凡，率群仙数万：“……或骑白鹿，或控白鹤，或乘轩车，或乘天马。”其中有些仙人，是以白鹤为坐骑。

在《天龙八部》旧版（连载版）中，金庸写到王夫人养有一只仙鹤一样的白色大鸟，是曼陀山庄的“领路使者”：

……便在此时，四边天空中叽叽两声鸟鸣，有一只大鸟飞了过来。只见这鸟全身雪白，似鹤而非鹤，双脚甚长，当是水鸟之一种。那白鸟飞临小舟上空，打了个圈子，便缓缓向西北角飞去。

阿朱拿起木桨，叹了口气道："不去也不成，我们去吧。"划动小船，跟着那白鸟划去。段誉道："原来这头鸟儿是个领路的使者。"（第二十九章）

……黄鹂道："好吧！姑娘叫你，你不肯去，那就别想白衣使者领你出去。"（第二十九章）

这只白色大鸟，婢女黄鹂称它为"白衣使者"。这个"白衣使者"，对应的其实就是三青鸟——西王母的"侍从使者"。只不过金庸写作时略作变化，变青鸟为白鸟，变三只为一只，变西王母所养为西王母女儿所养而已。

犹有王语嫣、李清露可证：

在金庸笔下，李清露是李秋水的孙女，王语嫣是李秋水的外孙女。这当然可以理解成是讲故事的需要。按照神话结构，她们其实更像是年轻一代的女仙，她们可以是西王母更年轻一些的女儿。这层关系可以从王夫人和梦姑的闺名中看出——李青萝、李清露——两人虽然差了一辈，但都得一个“李”字，都得一个“青”（清）字。这两个名字，与其说是姑侄，不如说更像姊妹。

王语嫣、李清露二人，都可以象征神话中的“仙女”。两人甚至长得一模一样：

> 段誉对墙上字画一幅幅瞧将过去，突然见到一幅古装仕女的舞剑图，不由得大吃一惊，“咦”的一声。图中美女竟与王语嫣的容貌一模一样，只衣饰全然不同，倒有点像无量山石洞中那个神仙姊姊。图中美女右手持剑，左手捏了剑诀，正在湖畔山边舞剑，神态飞逸，明艳娇媚，莫可名状。段誉霎时之间神魂飞荡，一时似乎到了

王语嫣身边，一时又似到了无量山的石洞之中，出神良久，突然叫道："二哥，你来瞧。"

虚竹应声走进，一看之下，也是大为诧异，心想王姑娘的画像在这里又出现了一幅，与师父给我的那幅画相像，图中人物相貌无别，只是姿式不同……（段誉）再细看那图时，便辨出画中人和王语嫣的差异来。画中人身形较为丰满，眉目间略带英爽之气，不似王语嫣那么温文婉变，年纪显然也比王语嫣大了三四岁。（第四十六回）

阿紫道："岂但小和尚的属下而已，小和尚自己来了，连小和尚的老婆也来了。"萧峰问道："甚么小和尚的老婆？"阿紫笑道："姊夫你不知道，虚竹子的老婆，便是西夏国公主，只不过她的脸始终用面幕遮着，除了小和尚一人之外，谁也不给瞧。我问小和尚：'你老婆美不美？'小和尚总是笑而不言。"（第五十回）

在西夏皇宫，段誉、虚竹所见的仕女舞剑图，其实就是西夏公主李清露本尊；虚竹为什么“笑而不言”？那自是因为李清露与王语嫣长得一模一样之故了——这固然意味着作为大地母神，西王母遗传基因的强大，但同时也代表了作为女仙，王语嫣、李清露的不分轩轾，仙阶相等。在故事结构上，王语嫣是“傻白甜”的象征，是仙子、仙女纯洁无暇的一面；李清露则是神女（熟女）、玉女（欲女），是仙子、仙女的另一面——神话故事“仙女下凡”中的女仙，一般都是傻白甜居多，基本可以指向王语嫣；“巫山神女”“云雨巫山”中的神女，主要表现情欲和性爱，则明显可以指向李清露。

巧合的是，前面刚刚提到的王母第二十三女云华夫人，即是宋玉《高唐赋》中的“巫山神女”——在中国神话中，云华夫人与巫山神女是同一个人。

如前所述，既然李清露可以代表神女（熟女）、玉女（欲女）；既然她的名字与王夫人（李青萝；阿萝）更像姊妹；既然王夫人阿萝可以指向太真王夫人婉罗；那么，在神话结构上，李清露有没有可能指向云华夫人？

## 二十五

我们接着看一看。

按照中国神话最早的说法，云华夫人瑶姬，是炎帝的女儿：

> 《昭明文选》卷一九《高唐赋》李善注引《襄阳耆旧传》：……赤帝（即炎帝）女瑶姬，未行而卒，葬于巫山之阳，故曰巫山之女。

炎帝是我国三皇之一，是华夏儿女共同的始祖。简单点说，他是一位古代的帝王。按照这个结构，瑶姬约等于我们现在常说的“公主”。在书中，李清露与瑶姬的身份完全对等：她不但是西夏公主，她的父亲西夏皇帝李干顺，也是一位古代的帝王。

宋玉《高唐赋》说：……（瑶姬）去而辞之曰：“妾在巫山之阳，高丘之岨，旦为朝云，暮为行雨。朝朝暮暮，阳台之下。”

作为一个汉语词汇，“朝云暮雨”这四个字，按照现在的习惯，一般可以理解为“男欢女爱”。它的本意，其实是“兴云布雨”——瑶姬在巫山行使仙子职权，为人间降下甘霖，使风调雨顺。

但根据“李清露故事”，我们却可以看出，这应该又是查先生在“卖弄（施展）文字（才华）”——她和虚竹在冰窖中的“男欢女爱”，符合“朝云暮雨”这个词的延伸义；她的名字“清露”，则很明显是这个词的本义——明杨慎《俗言》说：“名雨曰清露。”（把雨称为清露）在民间一般的理解，清露，其实就是“雨”，就是“雨水”。

按照这个推断，我们可以很容易得出如下结论：

“清露”这个名字，其实就是“雨水”，就是“雨”（“兴云布雨”一词的本义）；与虚竹在冰窖，可以就是“朝云暮雨”（亦即“男欢女爱”，是“兴云布雨”一词的延伸义）；李清露形象的神话指向，可以就是“巫山神女”，同时也可以就是西王母的女儿云华夫人瑶姬。

这个解读，有些读者可能会认为有点“过度”。

但退一万步讲，即使就文本看文本，“王语嫣故事”和“李清露故事”，仍然可以是仙女神话的一体两面，仍然可以看作是西王母神话的延伸与衍生。

## 二十六

说到“王语嫣故事”和“李清露故事”，我们再稍微延伸一下，补充一下作者金庸的写作潜意识。

一直以来，很多读者都认为王语嫣即是夏梦的原型。但我的理解，其实除了王语嫣，李清露也可以是夏梦的原型——李清露为什么和王语嫣长得一模一样？这意味着她其实可以是另外一个王语嫣。

李清露这个名字，是查先生新修订时后加的。在相当长的一段时间内，李清露不叫李清露，而是叫“梦姑”。

什么是“梦姑”？根据书中情节，我们知道它是“梦中姑娘”的意思，是虚竹梦中遇到的一位“无双无对”的美丽姑娘。

但从字面上来解释，“梦姑”，很明显可以就是“夏梦姑娘”。“梦”可以直接指向“夏梦”。

金庸写《天龙八部》，先将自己代入段誉，对王语嫣顶礼膜拜，从精神上“占有”王语嫣。又将自己代入虚竹，对“王语嫣”无所不至，从肉体上占有“王语嫣”。

而这个一体两面的王语嫣，从精神到肉体都被完全占有的王语嫣，其实就是现实中“无双无对”，自己一直苦恋不得的夏梦。

说到这里，再补充一下金庸早年的一个笔名。

金庸早年曾用过一个笔名“林欢”。什么是“林欢”？有一种说法是“查”字与“杜”字各取一半，持这个说法的人，基本是冲着金庸的第一任太太杜冶芬去的。

但实际上，“林欢”可以是“梦”字的分拆。“梦”（梦），可以拆为“林”和“夕”。而“夕”字，可以是“又”字，也可以是“欠”字。“又”和“欠”的外形，和“夕”都很像。“林欢”，可以就是夏梦的“梦”字。

以上发现，对研究金庸本人的情感史或许会有一点帮助，对研究金庸小说的文本意义也可能会有一点作用。但在本书对神话人物原型的解读中，基本已经是个题外话了。

## 二十七

讲过了天山童姥（九天玄女）和李秋水（西王母），我们接下来看看无崖子（玉帝，亦即天帝）。

当日在剑湖之底，无崖子有一洞藏书。藏书的地方，叫做“琅嬛福地”：

（段誉）一抬头，只见石床床尾又有一个月洞门，门旁壁上凿着四字：“琅嬛福地”。想起神仙姊姊写在帛卷外的字，心道：“原来‘琅嬛福地’便在这里。神仙姊姊言道，天下各门各派的武学典籍，尽集于斯。我不想学武功，这些典籍不看也罢。只不过神仙姊姊有命，违拗不得。”于是秉烛走进月洞门内。（第二回）

什么是“琅嬛福地”？

在神话故事中，琅嬛福地其实就是天帝藏书的地方，按现在的话说，约等于玉皇大帝的私人图书馆，或私家书房：

《字汇补·女部》说：“玉京嫏嬛，天帝藏书处也，张华梦游之。”

天帝藏书之处，晋代张华曾梦游于此。元伊士珍《嫏嬛记》记载：“张华游于洞宫，遇一人，引至一处，别是天地，每室各有奇书。张华历观诸室书，皆汉以前事，多所未闻者，问其地，曰：嫏嬛福地也。”

“嫏嬛”，就是“琅嬛”。张岱《琅嬛福地记》记述此事更加清楚：

晋太康中，张茂先（张华）为建安从事，游于洞山。缘溪深入，有老人枕书石上卧，茂先坐与论说。视其所枕书，皆蝌蚪文，莫能辨，茂先异之。老人问茂先曰：“君读书几何？”茂先曰：“华之未读者，二十年内书；若二十年外书，则华固已读尽之矣。”老人微笑，把茂先臂走石壁下，忽有门入，途径甚宽，至一精舍，藏书万卷。问老人曰：“何书？”曰：“世史也。”又至一室，藏书愈富。又问“何书？”老人曰：“万国志也。”后至一密室，扃钥甚固，有二黑犬守之，上有暑篆，曰“琅嬛福地”。问老人曰：“何地？”曰：“此玉京、全真、七瑛、丹书、秘籍。”指二犬曰：“此痴龙也，守此二千年矣。”开门肃茂先入，见所藏书，皆秦汉以前及海外诸国事，多所未闻。如《三坟》《九丘》《连山》《归藏》《梼杌》《春秋》诸书，亦皆在焉。

这点在“新修版”第四十回中，查先生本人其实忍不住点过一次题，只不过他没有具体说到“天帝”，而是笼统地说是“仙人”：

鸠摩智从板壁缝隙中张去，见隔房壁上开了一洞，洞外有门，门上漆作墙壁之色，关上了决难察觉。向洞中望进去，里面是间暗房，房中排满了一只只柜子，重重高叠，每只柜子的柜门上都刻了字，填以蓝色颜料，均是“嫏嬛玉洞”四字。鸠摩智知“嫏嬛”是仙人藏书之所……

天帝藏书之所而由无崖子藏书其中，则无崖子之象征天帝可知也。

在这里，作为琅嬛福地的主人，无崖子很明显可以指向玉皇大帝（天帝），也就是西王母（李秋水）名正言顺的老公。

在中国民间的信仰里，玉皇大帝是道教的最高神。在哲学意义上，无崖子指向“道”。哲学意义上的“道”，自然也对应着神话意义上的道教最高神。

在道教神话中，玉皇大帝犹如人间帝王，他上掌三十六天，下辖七十二地，掌管神、仙、佛、圣、人间、地府的一切事情。作为逍遥派的分支，灵鹫宫门下的三十六洞（洞主）、七十二岛（岛主），在某种程度上，在对应三十六天罡、七十二地煞；三十六洞天、七十二福地之外，还可以对应玉皇大帝（无崖子）所掌管的三十六天、七十二地。

从古至今，中国文学的“神话性”其实一以贯之，惜世人多不知。《红楼梦》的神话结构，将源头追溯至女娲，慕容世家与逍遥派的神话结构，则将源头追溯至玉帝、西王母和九天玄女。

## 二十八

中国神话中，佛教神话系外来，道教仙话乃后起。外来之佛教神话，传至中土，与中国本土之道教仙话相融合，很多人物在形象上互有交叉。佛教的帝释天到中土后，与道教天帝（玉帝）合二为一。道教仙话中的玉皇大帝，就是佛教神话中的帝释天——二人其实就是同一个人。

《法华玄赞》说："梵云释迦提婆因达罗，释迦，姓也，此翻为能。提婆，天也。因达罗，帝也。正云'能天帝'。释提桓因，云'天帝释'，三十三天之帝主也。"

帝主，即首领。三十三天之"帝主"，即三十三天之"首领”。从佛教神话的结构看，三十三天之首的帝释天，在金庸笔下，指向逍遥三老中的无崖子（逍遥子）。

无崖子（逍遥子），就是“天龙八部”的“天众”之首——帝释天。

无崖子当日隐居在大理无量山。

为什么是“无量山”？

除了地理学上的意义之外，“无量”还是一个佛学名词。“无量”的佛学意蕴，让它具有了某种程度上的佛教神话象征意义。

根据书中的叙事结构，住在大雪山的鸠摩智，本身就是住在大理无量山的段誉的假身，段誉和鸠摩智本来就可以是同一个人。而佛经中说的大雪山就是西藏冈底斯山的主峰冈仁波齐。在佛教神话中，冈仁波齐，其实就是佛教第一神山须弥山。

也就是说，在某种程度上，大雪山和无量山其实是相通的，两座山，在神话结构上其实都指向佛教的同一座神山、同一座圣山——须弥山。

帝释天住在哪里呢？根据佛教神话，帝释天的居所，恰恰也在须弥山——须弥山有“三十三天”，帝释天正是“三十三天”的首领。

无崖子住在无量山，约等于帝释天住在须弥山。

佛经中关于帝释天的神话有很多。《太子须大拏经》说，为了考验须大拏是否“普施无尽”，帝释天两次化身前去试探。他先化身狮子阻挡太子妃，又化身十二丑婆罗门来求索其妻，测试须大拏太子的真诚——帝释天的两次下凡，自身变幻出多种形象，分别承担了“阻挡者”和“测试者”这两种角色。

这两种角色，虽然有刁难太子的意思，但最终的目的都是为了帮助太子得道，所以“阻挡者”和“测试者”之外，他还可以是一个“帮助者”和“激励者”。

金庸笔下的无崖子也是如此。在书中，无崖子为了寻找聪明俊秀的杰出人士来继承衣钵，安排大弟子苏星河布下“珍珑”棋局，所有前来应局的人，无一例外都要接受这个棋局的“阻挡”和“测试”。无崖子在“珍珑故事”中，扮演的就是“阻挡”和“测试”者角色（由弟子苏星河替代）。虚竹的入局，虽然不能使无崖子满意，但作为“帮助者”与“激励者”，无崖子最终还是“帮助”（传输真气）了虚竹，并“激励”（命令）虚竹出任了逍遥派新掌门。

帝释天法力广大。佛经中说，“若欲作日月中王、世间帝主、注延寿命，我能相与”，一个人如果想称王称帝、延年益寿，只要开口求他，他就能帮助做到。

在书中，无崖子是大燕国的帝王后裔，逍遥派是人世间的第一大派，这都符合帝释天所谓“日月中王、世间帝主”的高级设定；作为一个特别长寿的老人，无崖子还具有向更年轻生命传输真气的能力；这个“能力”，其实就是帝释天所说的“注延寿命”：他向虚竹“注入”自己的能量，看上去是因此而死，但从神仙家的角度，其实也可以解释成“借助虚竹的躯壳继续生存”；这一点可以从传输真气之前必须化掉（清理）虚竹自身的功力看出——虚竹的躯壳，在无崖子眼里，只是自己灵魂的一个新载体——通过虚竹，无崖子得以“延长”了寿命；“死去”的只是无崖子的肉体（皮囊），不是无崖子的精神（灵魂）。

说到这里，补充一笔。

作为道家哲学的最高境界，以及道教神仙的最高神，逍遥三老具有三种不同的“修真”状态。

无崖子借助他人躯壳再生，是一个层次；天山童姥一次次的“返老还童”，是一个层次；李秋水多蓄男宠，是一个层次。

无崖子修炼到了“精神”（灵魂）层面，层次最高；天山童姥达不到“精神”（灵魂）层面，但借助天地阴阳造化之气即可“返老还童”，不假外求，也属难能；李秋水却需要借助房中术，依靠阴阳采补，这在道家（道教）看来，层次算是最低。

## 二十九

根据佛经记载，帝释天还有以下多种角色和特征。

帝释天是释迦牟尼一生的追随者。《根本说一切有部毗奈耶破僧事》中说，最早在释迦还没有托生摩耶夫人之胎时，帝释天就以大神通力“清净其体，令无垢秽，身心强健，以待入胎”。逍遥子在向虚竹传功之前，先“化解”了虚竹内力，这个化解内力，可略等于帝释天的“清净”（清理、清洗）释迦身体；接受无崖子的真气之后，虚竹功力大增，高出此前不知几许，这就略等于释迦牟尼的从此“身心强健”。

帝释天还是一位乐此不疲的“考验者”。他化身无数，对人们的向道之心进行反复考验。佛经中说他有着一份“非同寻常的执着”。无崖子隐居不出，数十年来一直在寻找破解“珍珑”棋局的高手，他不但对所有入局者进行考验，而且这种考验，在他这里也是在“反复”进行；这份坚持、这份耐心，其实可以就是帝释天“非同寻常的执着”。

帝释天还是一位“战斗者”（斗法者）。作为佛教的护法神，他往往率众与邪魔外道展开斗争。金庸将无崖子的住处设在无量山，与象征外道的万劫谷主钟万仇距离很近；这个设计，也许就是为了铺垫双方即将进行的“斗争”。只不过后来越写越远，双方的“斗争”并未真正发生。“斗争”当时虽没发生，但他这个“战斗者”的身份还在，这个“斗争”的故事结构，日后体现在了他率领大弟子苏星河，与二弟子丁春秋展开的长期较量上。

帝释天还是一位“忍辱者”。根据《长阿含经》的记载，在受到外道的侮辱和挑衅时，帝释天能够忍受不作任何回击，并劝导随从视若无事，这体现了他修习“忍辱”的功夫。逍遥子被丁春秋暗袭成功，跌落悬崖，从此隐姓埋名，忍辱求生。他的这个隐姓埋名，“忍辱求生”，体现的就是帝释天所修习的“忍辱”功夫。

帝释天还是一位“无所不知无所不晓者”。他具有佛教所谓的“六神通”，熟悉天下世间各种各样的知识和技能，尤其精通医术。《太子瑞应本起经》《撰集百缘经》等都记载了他采拾药草、救人性命的故事。无崖子的大弟子苏星河和一众徒孙“函谷八友”，精通“琴棋书画、医卜星相、工艺杂学、贸迁种植”，这些杂学、绝学，其实是对无崖子所精通的各种知识和技能的完备继承。我们可以通过苏星河、函谷八友所精通的各种杂学和绝学，来体会无崖子本人的博大精深。在这些知识和技能中，帝释天尤其精通医术，应该说，这是他各种知识和技能的一个突出“代表”；在书中，金庸描写函谷八友时，也有意无意地突出了老五薛慕华精通医术的这个特征，以名动天下的“薛神医”作为“函谷八友”的典型代表。

帝释天拥有一枚“七宝金戒”。宋代僧人行霆在他编述的《重编诸天传》一书中引《西域记》云：“佛（即帝释天）下忉利天时，作七宝金堦。”“堦”谐音“阶”，字义与“阶”相同，一般的解释是“黄金珠宝堆砌的台阶”，但根据谐音，“堦”也谐音“戒”，我们也可以将之理解成是一枚“七宝金戒”。

这样的话，这个“七宝金戒”，可以就是无崖子所拥有的掌门信物“七宝指环”。

另外，在《重编诸天传》中，还有一段记载，说是帝释天拥有三位夫人：“……以帝释天因中有首，故报为天王，并有圆生、善法、赦支三夫人。”在书中，无崖子苏州有结发之妻，身边有同门师妹（李秋水），心里碎碎念难忘一尊白玉雕像（小妹子），也是有三位“夫人”（女性）——由此可以看出，金庸在创作时，不但大量阅读佛经，而且还往往将之进行有机的“转换”。有一个说法：金庸晚年曾重金购得珍本《金刚经》以刺激灵感。当时读到后一笑而罢，现在想来，这个说法也许是真的，在金庸而言也许是很认真的事情，毕竟他的小说，在很大程度上就是大量阅读佛经、就是借由佛经刺激灵感而来，晚年“故技重施”，并不稀奇。

综上所述，我们很容易就能看出，书中所描述的“无崖子”，其实就是指向佛教神话的“帝释天”；“无崖子与虚竹”

的关系，其实也指向“帝释天与释迦牟尼”。而根据此前的推断，我们知道，释迦牟尼对应的人物，在书中也恰好可以是虚竹。

帝释天位列二十诸天，是释迦牟尼的护法神。按照本书的佛教神话结构，虚竹既然象征释迦牟尼，则无崖子倾注自己的一身功力给他，恰好对应了帝释天是释迦牟尼的“护法”——放弃自己一生修为，只为成全虚竹——这个成全虚竹，可以解释成是帝释天的舍身侍奉佛祖。

为了使佛祖完成修行，帝释天舍弃了自身，这恰恰体现了佛祖“护法神”的真义——为佛祖奉献和牺牲，正是“护法神”的“本职工作”。

## 三十

金庸先生写《天龙八部》，一开始的意思就是将书中的某一个人物，写成是“天龙八部”中的某一神怪。只是后来越写越嗨，下笔不能自休，这种对应关系越来越“跑题”，越来越无法“严密”，于是只好站出来亲自“辟谣”，宣布不能简单地将之“对号入座”。但尽管如此，“天龙八部到底是哪八部”这场全民公猜，从中规中矩的专家索隐，到大开脑洞的网友胡侃，其实从未停止过。

只是大家猜了半个世纪，仍然没有一个人知道，无崖子，其实可以就是帝释天。

# 重要参考文献

金庸：《天龙八部》（连载版），《明报》，1963年9月3日—1966年5月27日。

金庸：《天龙八部》（第二次修订版），生活·读书·新知三联书店，1994年5月第一版。

金庸：《天龙八部》（世纪新修版），广州出版社、花城出版社，2013年4月第一版。

金庸、池田大作：《探求一个灿烂的世纪》，北京大学出版社1999年12月第一版。

李以建编:《香港当代作家作品选集·金庸卷》,(香港)天地图书有限公司,2016年7月初版。

陈志明编、刘国重校:《金庸访谈资料集》,香港独家出版有限公司,2020年8月初版。

刘再复:《贾宝玉论》,生活·读书·新知三联书店,生活书店出版有限公司,2014年3月第一版。

刘再复:《红楼梦悟》,生活·读书·新知三联书店,2006年10月第一版。

刘再复：《〈西游记〉悟语三百则》，（澳门）《艺文杂志》，2018年第5期、第6期。

刘再复：《李泽厚美学概论》生活·读书·新知三联书店，2009年12月第一版。

温瑞安：《天龙八部欣赏举隅》，中国友谊出版公司，1998年版。

李欧：《武侠小说关键词》，《博览群书》杂志，2007年第6期。

刘国重：《金庸评传》，香港独家出版有限公司，2020年5月初版。

陈志明：《金庸笔下的文史典故》，东方出版社，2007年8月第一版。

陈志明:《金庸笔下的文史典故续编》，东方出版社，2008年5月第一版。

（东汉）王逸注、（宋）洪兴祖补注:《楚辞章句补注》，吉林人民出版社，1999年9月第一版。

（晋）郭璞注:《尔雅注疏》，上海古籍出版社，1990年12月第一版。

（晋）郭璞注，王贻梁、陈建敏校释:《穆天子传汇校集释》，中华书局，2019年5月第一版。

（南朝梁）萧统编，（唐）李善注:《昭明文选》，上海古籍出版社，2019年11月第二版。

（唐）李鼎祚:《周易集解》，中国书店，1984年6月第一版。

（宋）张君房辑：《云笈七签》，中华书局，2003年12月第一版。

（宋）李昉等编：《太平广记》，中华书局，2003年6月版。

（宋）行霆：《重编诸天传》，商务印书馆影印《续藏经》本，1923年。

（明）张宇初辑：《墉城集仙录》，涵芬楼影印《正统道藏》本，1923年。

（清）郭庆藩撰，王孝鱼点校：《庄子集释》，中华书局，2013年3月第一版。

刘文典撰，冯逸、乔华点校：《淮南鸿烈集解》，中华书局，2019年2月第一版。

杨伯峻:《列子集释》，中华书局，2013年3月第一版。

袁珂:《山海经校注》，上海古籍出版社，1980年7月第一版。

饶宗颐:《老子想尔注校正》，上海古籍出版社1991年11月第一版。

迟铎:《小尔雅集释》，中华书局，2008年9月第一版。

任继愈主编:《中国道教史》，上海人民出版社，1990年6月第一版。

（明）施耐庵、罗贯中:《水浒传》，中华书局，2009年6月第一版。

（明）吴承恩:《西游记》，上海古籍出版社，1994年12

月第一版。

（清）曹雪芹、高鹗:《红楼梦》，上海古籍出版社，1991年10月第一版。

《法华玄赞》《太子须大拏经》《根本说一切有部毗奈耶破僧事》《长阿含经》《太子瑞应本起经》《撰集百缘经》。